날마다 크리스마스

날마다 크리스마스

박성경
장편소설

폭스코너

세상의 불화하는
가족들에게

차례

매우 구린 크리스마스

"당신이 무엇을 먹는지 말해 달라. 그럼 당신이 어떤 사람인지 말해 주겠다."

이 말을 한 사람은 장 앙텔름 브리야 사바랭이란 미식가였다. 이름이 길어서 외우느라 귀찮았지만 엄청 철학적인 미식가였음엔 틀림없다.

나는 이렇게 바꿔 말하고 싶다.

"당신이 크리스마스를 어떻게 보내는지 말해 달라. 그럼 당신이 어떤 사람인지 말해 주겠다."

크리스마스가 생일인 나 같은 사람이 이날을 망치면 일 년에 한 번뿐인 크리스마스와 생일, 둘 다를 망치는 것이다. 두 배로 재수 없는 날, 한마디로 왕재수인 거지.

벌써 눈치챘는지? 그렇다. 크리스마스에도 나처럼 재수 없는 애가 태어난다.

"어우, 짜증 나!"

아빠가 열다섯 살 내 생일, 그러니까 크리스마스에 이탈리안 레스토랑을 예약했다고 했을 때 내 입에서 저절로 튀어나온 말이다.

당연하지 않은가? 크리스마스를 가족과 보내고 싶어 하는 중2가 어디 흔한가? 중2들은 어디서나 지랄 총량의 법칙을 지키느라 바빠 죽겠는데. 더구나 평소 원만한 교류가 이루어지지 않는 가족이라면 말이다. 크리스마스라고 예외는 아니다.

나는 험악한 사태 해결을 위한 수습 작전에 나섰다.

"나, 약속 있단 말이야!"

"남자 친구니?"

"아니."

"그럼 취소해."

"아니, 왜 내 여친을 차별해? 아빠, 성차별주의자야?"

"넌 가족차별주의자냐? 크리스마스에 가족끼리 저녁 같이 먹자는데 뭐 잘못됐어?"

"그러니까 그게 왜 하필 오늘이냐고! 내일도 있고, 모레도 있고, 또 내년도 있는데!"

"내년엔 없어."

"왜!?"

"지금부터 토 달지 마! 무조건이야!"

그러면서 아빠는 다음 조건을 내걸었다.

① 단 한 사람도 빠지지 말 것!

② 약속 시간 엄수(여섯 시. 토 달기 없기).

③ 중간에 가기 없음(양다리 걸치기 없기).

명퇴한 아빠는 규칙을 좋아하는 사람이다. 아차, 실수. 주변에 명퇴, 은퇴한 아빠 친구들이 많다 보니 내가 잠시 착각했다. 실은 다분히 의도적인 실수다.

그래도 아빠를 다른 집 아빠라 착각한 건 아니니 섭섭해하지 마세요. 난 아빠 친구들이 놀러 와서 날 다른 집 애로 착각할 때도 서운해하지 않았으니까요. 그런데 올 때마다 날 어떻게 매번 다른 집 애로 착각할 수가 있지? 한두 번도 아니고.

규칙을 내세워 자식에게 권위를 인정받고 싶어 하는 아빠 마음, 이해는 간다. 아빠는 평생 규칙적으로 출퇴근을 하는 회사엔 근처에도 못 가 봤으니까. 그런데 이젠 가고 싶어도 못 간다. 은퇴할 나이니까.

아빠는 스물다섯에 〈불야성 시대〉란 영화로 데뷔했던 최연소 영화감독이다. 요즘은 스물에도 감독 데뷔를 하는 게 그다지 놀랄 만한 사건은 아니지만, 그 당시 아빠는 천재 감독이란 소리까지 들었다. 흥행이 안 돼서 그렇지, 한동안 단골 가게를 드나들듯 영화 잡지에 오르내렸다.

술집에서 아빠의 얼굴을 알아보고 팬이라며 안주를 공짜로 내준 주인도 있었다. 아빠는 감격에 겨운 나머지 술집 주인의 티셔츠에 사인까지 해 주었다. 무슨 야구선수 팬도 아니고 티셔츠가 뭐냐고요, 촌스럽게.

문제는 그 대단하신 아빠가 이십오 년째 준비운동만 하고 있다는 것. 이 말은 그간 영화판에서 여러 차례 프러포즈가 있었지만 모두 준비 단계에서 엎어졌다는 뜻이다.

"참 누군 영화 한 편 찍고 평생 감독님 소리 들어서 좋겠다."

이렇게 못되게 말한 건 내가 아니고 엄마다. 한마디로 가위 입인 거지. 요즘 엄마는 신경이 몹시 날카롭다. 작정하고 입을 벌리면 반드시 누군가는 상처를 입는다. 사실 엄마는 가위 입이라기보다 가위 손에 가깝다. 일 년 내내 손에 가위를 들고 있으니까. 그러니까 엄마는 미용실 원장이란 말씀.

이렇게 말하면 꽤 근사하게 들릴지 몰라도 엄마가 일하는 곳은 남성 전용 커트클럽이다. 엄마는 미스코리아를 배출하는 미용실 원장이 되고 싶지 않았던 탓에 남자들의 머리만 깎는 데 평생을 바쳤다. 그래서 엄마가 여자 머리를 잘 깎는다는 건 장담 못 하겠다. 언니는 남자들의 머리만 깎는 커트클럽에 드나드는 게 쪽팔린다며 벌써부터 홍대 앞 미용실을 드나든다. 나는 주로 손님이 없는 시간에 엄마가 잘라 준다. 내가 언니만큼 헤어스타일에 관심이 없느냐고? 천만에! 용돈이 아까워서다. 공짜로 머리 자를 곳이 있는데 다른 데 가서 돈을 주고 자르는 건 정말이지 배부른 짓이다. 난 차라리 용돈을 참고서 사는 데 쓰겠다. 농담 한번 해 봤다. 오로지 놀고 먹는 데 쓸 것이다. 만화카페에도 가고.

나랑 두 살 터울인 언니는—이제 열일곱이니 아직 홍대 앞 미용실을 드나들 나이는 아니라고 본다—중학교 때까지만 해도 전교 1등을 휩쓸며 천재 소녀 소리를 들었다. 그렇다. 귀로만 전해 듣고 눈으로 확인은 못 해 본 이야기의 주인공. 상장으로 딱지 접는 완전 재수 없는 스타일이 바로 우리 언니다. 가만히 있어도 미움받는 처지에 항상 먼저 시비를 걸어와서 내게 두 배로 미움을 받는다.

난 언니 덕분에 엄마한테 "네 언니 반만 닮았어도"란 소리를 수도 없이 듣고 자랐다. 솔직히 그간 언니 때문에 결심한 일이 한두 개가 아니다. 밤샘 공부, 세계문학전집 독파, 전교 1등은 못해도 반 1등, 이것도 힘들면 상위권 진입, 브릿지 염색, 마스카라, 피어싱 그리고 가출…. 실행에 옮긴 건 아직 하나도 없지만.

그런데 그 잘난 언니께서 고등학교에 가자마자 한 학기도 못 채우고 뛰쳐나와 지금은 대안학교에 다닌다. 언니가 아빠의 피를 물려받은 건 확실하다. 언니는 대안학교에서 기숙사 생활을 하느라 주말에만 집에 온다. 아빠도 여러 편의 영화가 엎어지는 동안 연출부들과 시나리오 작업을 한답시고 주말에만 집에 들어온 적이 한두 번이 아니다. 그런데 이것도 다 옛날얘기다. 지금 아빠는 주부 우울증에 걸린 셔터맨이다. 흰 버짐이 피어오른 열 손가락을 내 앞에 펼쳐 보이며 주부습진을 호소한 적도 있다. 엄마에겐 씨알도 안 먹혔지만. 그래서 오빠는 대학을 휴학하고 올여름 군에 입대하기 직전까지 아빠 대신 셔터맨 노릇을 했다. 아빠를 위해서가 아니라 엄마에게 잘 보이기 위해서다. 우리 집은 엄마가 돈줄이다.

오빠는 우리 집의 리틀 독재자다. 물론 만만한 나한테만 그렇다. 오빠는 고3 때 열두 시에 독서실에서 돌아오면 자고 있는 날 깨워 라면을 끓여 오라고 했다. 한밤중에 초딩 여동생을 깨워 라면을 끓여 오라니, 완전 양심 불량 아닌가? 제때 잠을 자야 키가 쑥쑥 크는 나이에.

내가 또래보다 키가 작은 건 아무래도 오빠 탓이 분명하다. 오빠는 왜 자고 있는 아빠나 엄마를 깨울 생각을 한 번도 안 한 걸까? 하다못해 언니라도. 언니는 그 시간에 깨어 있을 때도 많았는데. 도대체 생각이 있는 거야? 라면까지 끓여 달랬으면 공부를 더 하고 자야지, 왜 곧바로 뻗어 자냐고! 그러니까 원하는 대학에를 못가서 휴학을 했지. 얼굴도 불어 터지고.

이보다 용서할 수 없는 사건이 하나 있다. 오빠가 야동을 보다 나한테 들켰는데 엄마한테 이르면 죽인다고 협박을 한 것이다. 아니, 음흉한 짓은 자기가 하고 왜 내가 죽어야 하는데?

더 용서할 수 없는 사건도 있다. "더러운 짓은 오빠가 하고 왜 내가 죽어야 하는데? 죽으려면 오빠나 죽어!" 이렇게 대들다 머리통을 한 대 맞은 일이다. 이날 내가 얻은 교훈은 바로 이것이다. 자신의 생각을 여과 없이 발설하면 얻어터진다는 것.

그날 오빠 방 휴지통 속에 수북이 버려져 있던 크리넥스야, 난 네가 지난밤 어떤 일을 겪었는지 다 알고 있다.

"하여간 우리 집 인간들은 죄다 용두사미야."

이렇게 못되게 말한 건 내가 아니고 엄마라니까.

아빠는 엊그제도 내 방에 들어와 너무 지저분하다며 잔소리를 했다. 난 여자도 아니라고, 이다음에 누가 데려가겠냐고. 언니가 기숙사에서 지내는 건 나랑 한방을 쓰기 싫어서 나간 거라고. 그 말을 들을 땐 솔직히 피가 거꾸로 솟았다. 나야말로 언니랑 한방을 쓰기 싫은 사람인데 여기서 나간다면 안방밖에 더 있나?

까짓, 치우면 될 걸 가지고 그렇게까지 심한 말을 할 건 없다고 본다. 내 방 곳곳에 초딩 때부터 갖고 놀던 인형들이 버젓이 있는데 여자 운운하는 건 정말이지 납득이 안 간다. 걸을 때마다 발에 걸리는 게 문제라면 모를까. 솔직히 요새 아빠 잔소리 때문에 가출하고 싶을 때가 한두 번이 아니다. 하지만 가출 사유로는 너무 쪽팔린다. 물론 나한테가 아니라 아빠한테 그렇다는 말이다.

내 방이 어수선한 이유는 내가 규칙이 없는 인간이기 때문이다. 아빠가 규칙적인데 딸은 왜 이 모양이냐고 묻는다면 할 말이 있다. 나는 유전자를 거부하는 종자다. 이렇게 말하면 근사하게 들릴지 모르겠지만 사실은 귀찮아서다. 나는 웬만하면 내 인생에서 되도록 귀찮은 일의 목록은 늘리지 않을 생각이다.

아빠가 나가자마자 할아버지가 연이어 들어오시더니 내게 손쉽게 방 청소하는 방법에 대해 가르쳐 주셨다. 내 방의 지저분한 잡동사니들을 모두 한구석에 몰아 놓으면 방이 깨끗해질 거 같다고. 그건 일종의 잔소리 유머였는데, 자칭 유머연구가인 내 입장에서는 하나도 웃기지가 않았다. 또 모르지, 내 방의 잡동사니들을 다 갖다 버리면 방이 깨끗해질 거다, 라고 말했다면 조금 웃겼을지도.

할아버지는 요즘 아빠와 의견 충돌이 잦다. 할아버지는 초등학교 교장 선생님으로 정년퇴직한 지 일 년도 안 돼서 몸도 마음도 심하게 망가지셨다. 가끔은 할아버지가 정년퇴직을 안 했다면, 혹은 좀 더 늦게 했다면 좋았을 텐데 하는 생각이 든다. 그럼 아빠와 부딪칠 일도 적을 텐데.

아니, 두 분, 그냥 세트로 들어오시지 그랬어요? 왜 나의 신성한 일요일 아침잠을 망쳐요? 짜증 나게.

이제 내 십팔번을 눈치챘는지? 그렇다. '짜증 나'와 '귀찮아'가 내 십팔번이다. 내 일상은 두 가지로 요약된다. 짜증 나는 일과 귀찮은 일. 정말이지 우리 가족만 아니었어도 '짜증 나, 귀찮아'가 내 십팔번이 되진 않았을 거다.

언제 용돈을 주셨는지 기억조차 가물가물한 스크루지 영감 할아버지, 입만 열면 잔소리인 아빠, 입만 벌리면 상처 주는 가위 입 엄마, 독재자 오빠, 매사가 잘난 척인 언니, 그리고 미친 중2인 나.

그동안 어떻게 노년기, 갱년기, 발정기, 사춘기가 한집에 모여

살았을까? 그리고 왜 아직도 한집에서 같이 살고 있을까? 전쟁이 나지 않은 것만 해도 다행이다.

'아, 인생은 아름다워.'

이런 말이 내 십팔번이라면 얼마나 좋을까? 크리스마스에 가족과 식사라니. 아무리 생각해도 짜증 나고 귀찮은 일이다. 차라리 내가 다른 가족의 구성원이라면 좋겠다. 크리스마스에 그 집에 가서 그들과 함께 식사하고 싶다.

여섯 시 오 분. 아빠가 예약한 레스토랑에 도착했다. 아빠가 내건 조건 '② 약속 시간 엄수'가 무너지는 순간이다.

사실 어떤 벼락을 맞을지 몰라서 절친 혜지에게 아직 고백도 못 했다. 일곱 시에 혜지와 스파게티집에서 만나 내 생일파티를 하기로 했는데 말이다. 혜지는 내가 깜짝 놀랄 만한 선물을 준비했다고 했다. 어떻게 말해야 혜지가 화를 덜 낼까?

① 아빠가 크리스마스에 온 가족이 함께 식사를 해야 한다며 식당을 예약해 놨어.

→ 요즘 부모님이 별거 중인 혜지를 약 올리는 일.

② 할아버지가 위독하셔. 돌아가시기 전 마지막 식사가 될지도 몰라.

→ 위독하면 병원에 입원부터 해야지, 웬 가족 모임? 어쩐지 거

짓의 냄새가 난다.

③ 나 배탈 났어. 아무것도 못 먹어.

→ 곧바로 이렇게 말할 것이다. 지금 장난하자는 거야?

결론은 다 맘에 안 든다. 전부 취소.

핸드폰 벨소리가 요란하게 울려 댄다. 혜지다. 심장이 떨린다. 혜지야, 나 방금 네 걱정하고 있었는데 역시 우린 베픈가 봐. 텔레파시가 너무 잘 통해.

죄인의 심정으로 핸드폰을 받았다.

활기찬 혜지의 목소리.

"경, 메리 크리스마스! 오는 중?"

쭈뼛거리는 내 목소리.

"메리 크리스마스. 그런데 혜지야…."

내 기분을 알 리 없는 혜지가 다짜고짜 "생일 축하!"를 외친다.

"혜지야, 근데,"

"그런데 누구부터 축하하지? 예수님? 너?"

"저기, 있잖아,"

혜지가 버럭 소리를 질렀다.

"야! 너, 내 축하받기 싫어? 왜 자꾸 말을 잘라?"

아, 모르겠다. 눈 딱 감고 저질러 버리자.

"우리 오늘 못 만날 거 같아."

"왜?"

"가족들 전부 모여 식사하기로 했어."

"그걸 왜 이제 말해?"

"그러게. 솔직히 나도 왜 이제 말하는지 이해가 안 가네?"

속으로는 아빠가 내건 조건 '③ 중간에 가기 없음'을 깨기 위해 머릿속으로 쉴 새 없이 잔머리를 굴리는 중이다. 여섯 시 삼십 분에 일어서면 일곱 시까지는 갈 수 있으려나? 아무래도 무리다.

"혜지야, 우리 좀 늦게 만날까? 아홉 시쯤?"

"뭐?"

"그냥 우리 내일 만나자. 그게 좋겠다."

"네 생파를 내일 하자고? 오늘이 생일인데?"

"난 괜찮아. 응? 제발."

"아니, 난 안 괜찮아. 오늘 아니면 안 돼."

나는 울상이 되고야 만다. 왜 난 매사에 일을 이렇게 처리하는 거지? 초반에 여유 있을 때 해결하면 될 일을 왜 꼭 막판에 와서야 힘들게 처리하느냐고.

"미안해. 오늘은 도저히 안 될 것 같아….."

혜지가 포기한 듯 묻는다.

"그래, 전화 끊기 전에 물어나 보자. 뭐 먹기로 했는데?"

차마 입이 떨어지지는 않지만,

"스,"

"뭐?"

"스,"

"빨리 말 안 해?"

"스으,"

"설마 스파게티는 아니겠지?"

"맞아! 바로 그거야. 스파게티."

나는 눈치도 없이 맞장구를 쳤다.

"아악! 이 배신녀야!"

혜지가 전화기에 대고 비명을 질러 댔다. 귀가 따가워서 짜증이 솟구쳤다. 내가 배신이란 단어를 얼마나 싫어하는데.

"너 지금 오버하는 거 알아? 크리스마스 때 만날 친구가 나밖에 없니? 왕따 티 내는 거 지겹지도 않아? 너희 부모님 별거 중인 걸 왜 나한테 화풀이냐고!"

툭, 일방적으로 전화가 끊겼다. 방금 뱉은 말이 얼마나 큰 실수였는지 곱씹기도 전에 카톡으로 저주의 문자폭탄이 쏟아졌다.

나쁜 X, 야비한 X, 천벌 받아라. 그러고도 네가 베프냐.

문자폭탄을 읽는 사이 가족들이 하나둘 띄엄띄엄 나타났다. 꼭 아빠를 무시하는 순서 같았다.

오빠가 여섯 시 이십오 분. 입대하고 첫 휴가다. 삼십 분 전에 왔는데 레스토랑이 골목 안에 있어 찾느라 헤맸다고 한다.

언니가 여섯 시 사십 분. 오늘부터 대안학교 겨울방학이라며 집에 안 들르고 이리로 곧장 왔단다. 배낭에 캐리어에 짐이 장난 아니다. 방도 안 치워 놓고 왔는데. 집에 가면 성질 좀 날 거다. 물론 이게 바로 내 목적이지만.

엄마가 일곱 시. 가만, 오늘 커트클럽 쉰다고 했는데? 지금껏 어디서 뭘 하다 온 거지?

참! 아빠는 여섯 시 십오 분에 왔는데 엄마가 올 때까지 밖에서 서성대느라 일부러 안 들어왔다. 하여간 한집에 살면서도 자존심들은 되게 내세운다.

그리고 아빠와 냉전 중인 할아버지는 안 오셨다. 정말 너무들 하네. 함께 살면서 모시고 올 생각은 왜 아무도 안 한 거야? 벌써부터 아빠가 내건 조건 ①이 무너졌다.

예약은 여섯 시에 해 놓았는데 주문은 일곱 시에 들어갔다. 바쁜 시간이라 괜히 직원의 눈치가 보였다. 한집에 살면서 다 따로 오다니 참 대단들 하다. 내가 도착했을 때 식사를 시작한 옆 테이블은 벌써 다 먹고 나갔는데.

나는 크림소스 스파게티, 언니는 알리오올리오, 엄마는 볼로냐 스파게티, 오빠는 봉골레 스파게티를 시켰다. 모두 다른 메뉴를 시키는 우리를 바라보는 아빠의 표정은 한마디로 어이없어 보였다.

그리고!

이변이 일어났다. 아빠는 예약까지 해 놓고 늦게 주문하는 것이 요리사에게 미안하다며 우리에게 메뉴를 통일하라고 말했다. 자신은 획일보다 통일을 사랑하는 인간이라는 설명을 덧붙이는 것도 잊지 않았다. 내 생일이니 특별히 내가 시킨 크림소스 스파게티로 통일하는 게 좋겠다며 일방적으로 결정한 뒤 종업원을 불렀다.

예약 테이블이라 신경을 써주려고 했는지 나이가 좀 들어 보이는 여점장이 직접 주문을 받으러 왔다.

아빠가 애교 섞인 목소리로 말했다.

"이모, 여기 크림소스 스파게티 5인분 같은 4인분."

세상에, 웬 아재 개그? 내 귀를 의심했다. 여기가 무슨 삼겹살집인 줄 아나 보다. 스파게티는 1인분씩 주문해도 양이 많지 않다고요.

"빈 접시 한 개 추가요."

연이어 아재 개그 2탄이 터지자 엄마의 얼굴이 파랗게 변했다. 빨갛게 변한 것보다 상태가 더 안 좋단 뜻이다. 부끄러운 게 아니라 질렸다는 거니까.

엄마가 자리에서 일어섰다.

"그만 좀 하세요, 여. 준. 영. 씨."

엄마가 성까지 붙여 아빠 이름을 또박또박 부르는 걸 들으니 생소했다. 꼭 남의 이름을 부르는 것 같았다.

"나 들으라고 일부러 이러시는 거죠?"

존댓말도 생소했다. 꼭 남을 대하는 것 같았다. 이어 엄마는 평소 성질대로 자리를 박차고 나갔다.

아빠! 아빠가 내건 조건 ①, ②, ③이 방금 다 무너진 거 알아?

메뉴를 획일적으로 통일한 덕분에 스파게티는 빨리 나왔지만 나는 내 접시를 다 비우지도 못했다. 아빠 때문에 쪽팔려서 차마 끝까지 먹을 수 없었으니까.

입대 팔 개월 만에 휴가 나온 오빠는 살이 제법 쪄서 왔는데— 특히 볼살이—거기서도 라면만 먹은 것 같았다. 오빠는 스파게티 양이 적어 먹은 것 같지도 않다고 투덜댔다.

엄마가 먼저 가는 바람에 하는 수 없이 아빠가 계산을 했다. 어쩌면 평소 돈줄인 엄마에게 미안해서 아빠가 일부러 4인분을 주문한 게 아닌가 하는 생각이 들었다.

집에 오는 길에 혜지에게서 다시 카톡이 날아왔다.

경아, 메리 크리스마스 취소한다. 생일 축하도 취소.
이제껏 참았는데 솔직히 말할게.
넌 정말 이기적이고 일방적이야.
더 이상 네 짜증 받아 주기 싫어. 다신 연락하지 마.
오늘 같은 날 이런 말 하고 싶진 않지만,
그동안 내가 얼마나 힘들었으면 이럴까 이해하고.

참, 네 생일선물은 절교 기념으로 내가 가질게.
뭐였는지 절대 안 가르쳐 줄 거야.

내 생일, 그러니까 크리스마스에 절친으로부터 이별 통보를 받았다. 그리고 집에 돌아오자마자 부모님이 이혼 선언을 했다.

✳

겨울방학 때 일어난 일

"욱이한텐 첫 휴가 때 이런 소식 전해서 미안하고, 윤이는 일찍 철들었으니까 괜찮지?"

집에 먼저 돌아와 우리를 기다리던 엄마가 당장이라도 떠날 것 같은 표정으로 말했다. 좀 전의 레스토랑 사건은 엄마가 아빠랑 남이 되기 위한 준비운동이었음이 확실해졌다. 지금 엄마 눈에는 내가 보이지 않는다는 사실도.

엄마가 그제야 황당한 표정으로 아빠 엄마를 번갈아 보고 있는 나와 시선이 마주쳤다. 아빠는 일부러 내 시선을 피했다.

"경이 넌…."

엄마가 한참을 생각하더니 좋은 핑계를 찾았다는 표정으로 말했다.

"사춘기 지났지? 이번 겨울방학 끝나면 중3이잖아."

내게 해 줄 말은 미리 준비도 안 해 놓은 모양이었다. 즉흥적으로 생각해 낸 것 같아 무성의하게 들렸다. 중2만 사춘기인 줄 아는 저

편견. 고정관념.

"아빠가 새 거처를 구할 때까지 난 미용실에서 지낼 거야. 아빠랑 나는 더 이상… 한집에서 지낼 수가 없어. 이 결정을 이해해 주기 바란다…."

엄마는 말끝을 흐리며 울먹였다. 아빠는 계속 말이 없었다.

"이유를 말씀해 주셔야 한다고 생각해요. 우리가 납득할 만한 이유를요."

언니가 배신당한 자의 표정으로 말했다. 세계문학전집을 독파한 문학소녀답게 언니의 말투는 평소 대체로 번역체를 유지한다. 그래야 더 멋있어 보인다고 믿고 있음에 틀림없다. 저 문장도 분명 어느 외국 서적에서 읽은 게 틀림없을 거야.

"그건 아빠한테 물어봐라."

우리는 일제히 아빠를 쳐다보았다. 우리가—그러니까 오빠, 언니, 나—일제히 똑같은 심정으로 똑같은 행동을 취한 건 실로 몇 년 만이었다.

아빠는 이런 상황에선 침묵이 최선인 양 여전히 말이 없었다. 계속 쳐다본다 한들 무슨 말을 해 줄 것 같진 않았다.

나는 현실적인 질문을 던졌다. 적어도 이 순간은 엄마가 나 때문에 최대한 서운해지길 바라면서.

"엄마가 나가면 할아버지는? 식사는 어떻게 하셔?"

내가 밥해야 하나? 이런 요지의 질문이었다.

"할아버지는 오늘 요양원으로 가셨어."

"이렇게 갑자기?"

"퇴직하고 그동안 계속 힘들어하셨잖아. 할아버지가 원하신 거야. 나중에 따로 찾아뵙는 걸로 하자."

엄마가 안방으로 들어갔다. 딸깍, 티 나게 문을 잠그는 소리가 들렸다. 짐작컨대 지금부터 아무도 방해하지 말란 뜻인 것 같았다.

"참, 잊지 못할 휴가네. 빌어먹을. 내가 이놈의 집구석에 왜 왔지?"

오빠가 주먹으로 벽을 세게 쾅! 내리쳤다. 쿵, 하고 거실 벽 전체가 울렸다. 아래층에서 올라올까 봐 겁이 날 정도로 큰 소음이었다. 주먹깨나 쓰는 군인이 돼서 온 것 같아 칭찬해 주고 싶었지만 지금은 그럴 심정이 아니었다.

할아버지가 요양원으로 가셨다니. 그럼 할아버지는 엄마 아빠의 이혼 선언에 대해 미리 알고 계셨단 뜻인가?

그러면 우리만 모르고 있었단 뜻도 된다. 하기야 오빠는 오늘 휴가를 오고 언니는 이제 방학을 해서 집에 왔으니 미리 알 리가 없지. 그렇다면 나만 모르고 있었던 거다. 나만!

분해서 소리를 질렀다.

"어차피 헤어질 거! 왜 다 같이 모여서 밥을 먹자 그래?"

언젠가 이혼 법정에서 도장을 찍고 나온 부부들이 식당에 가서 밥을 먹고 헤어지는 TV 프로를 본 기억이 났다.

"아아, 밥이나 먹고 헤어지자고? 그러려면 둘이서 먹을 것이지. 왜 우리를 불러? 우리가 들러리야? 왜 항상 엄마 아빠 마음대로인데!"

내 본심은 엄마 아빠에게 매달려 '이혼하지 마세요, 제발이요, 절 봐서라도요' 하며 막내답게 울면서 애원하는 거였다. 하지만 속마음과는 다른 말들이 자동 팝콘 기계에서 터져 나오는 팝콘처럼 내 입에서 톡톡 튀어나왔다.

아빠는 묵묵히 주방으로 가 냉장고를 열었다. 그러고는 낮에 먹다 남은 청국장찌개를 꺼내 가스레인지에 올려 데우기 시작했다. 청국장 냄새가 집 안에 퍼졌다. 언니는 코를 쥐고 내 방으로, 오빠는 주먹을 쥐고 오빠 방으로 들어갔다. 언니는 지금 내 방이 개판이란 걸 확인하고 있을 거다. 이 일로 우리 사이가 더 멀어지길 바란다.

아빠가 청국장찌개에 밥을 비벼 후루룩 심한 소리를 내 가며 먹었다. 평소에도 밥 먹는 소리가 요란하단 건 알고 있었지만, 오늘따라 거슬렸다. 엄마도 그간 꽤나 거슬렸을 거다.

엄마, 혹시 아빠가 음식을 쩝쩝대고 먹는 게 이혼 사유? 그래, 차라리 이렇게 단순한 거라면 좋겠다. 노력하면 단기간에 고칠 수 있는 거니까.

식사를 마친 아빠가 빈 그릇을 설거지통에 넣고는 소파에 벌렁 누웠다.

"아빠, 설거지 안 해?"

"안 해! 쉬는 날도 있어야지."

아빠는 엄마가 들으라는 듯 안방에 대고 큰 소리로 말했다. 스파게티를 사 먹고 와서 청국장찌개를 데워 먹는 것도 엄마를 화나게 하는 일인데, 자기가 먹은 그릇을 설거지도 안 하다니. 그건 엄마를 화나게 함으로써 엄마의 감정을 자극하겠단 뜻이다. 그건 아직 엄마에게 감정이 남아 있다는 뜻이다. 그러니까 아빠는… 엄마랑 이혼하고 싶지 않은 거다!

나라도 설거지를 해 놓으려고 주방을 향하는 순간이었다. 엄마는 싱크대에 설거지 거리가 쌓여 있는 걸 못 참는 성격이니까. 이일로 엄마가 아빠를 더 미워하게 되는 건 원하지 않으니까. 그런데 아빠가 먼저 주방으로 걸어갔다. 그리고 고무장갑도 안 끼고 말없이 설거지를 하기 시작했다. 잠시 후 그릇 깨지는 소리가 났다. 설거지를 하던 아빠가 유리컵을 마룻바닥에 떨어뜨리는 바람에 나는 소리였다. 유리컵은 산산조각이 났다. 안타깝게도 엄마가 평소 아끼는 크리스털 컵이었다. 왜 하필 그 컵을….

아빠가 쓰레기통을 가져왔다. 그러고는 맨손으로 묵묵히 유리조각을 치우기 시작했다.

"아빠, 피 나."

"가까이 오지 마! 들어가 있어."

격앙된 아빠의 목소리에 비해 안방에선 아무런 기척도 느껴지지 않았다. 나는 안방에도, 언니가 있는 내 방에도, 오빠 방에도 들어가고 싶지 않았다. 맨손으로 유리 조각을 치우는 아빠의 표정은 말 그대로 참담했다. 목이 말랐지만 참아야 했다. 찬장의 다른 잔을 꺼내기 위해서는 조심조심 유리 조각을 건너 아빠에게 다가가야 하니까. 이건 상상만으로도 짜증 나는 일이다.

별수 없이 내 방으로 들어가니 언니가 짐도 풀지 않은 채 침대에 누워 있었다. 나는 방 안의 잡동사니 가운데 눕는 수밖에 없었다. 아무리 오랜만에 만났어도 언니랑 한 침대를 쓰는 건 사양한다. 나는 누운 채 천장을 쳐다보며 씩씩댔다.

"저놈의 청국장, 오늘 같은 날 꼭 먹어야 돼?"

"하루라도 청국장을 먹지 않으면 입에 가시가 돋나 보지."

언니, 번역체 소녀 맞다니까.

사실 청국장은 그동안 언니와 나를 공동체로 묶어 주었던 유일한 음식이다. 좋아해서가 아니라 싫어해서다. 우리는 아빠가 좋아하는 청국장을 싫어했다. 지난날 학교에서 집에 올 때마다 걸핏하면 청국장 냄새가 진동했다. 우리는 '구리다'라는 말을 입에 달고 살았다. 청국장 냄새 때문에 아예 집에 오기가 싫을 때도 있었으니까.

동시에 우리는 엄마가 스파게티를 좋아한다는 사실도 몰랐다. 집에 오는 길에 아빠에게 왜 스파게티로 정했냐고 물었더니 엄마가 좋아해서, 라고 답했다. 엄마는 스파게티 요리를 배우고 싶어

이탈리아 유학까지 꿈꾸었단다. 그래서 그때 알게 된 거다. 내가 스파게티를 좋아해서 예약한 게 아니라는 것도.

"엄마 아빠가 이혼을 결정하고 식당을 예약한 걸까? 식당을 나오면서 이혼을 결정한 걸까?"

하는 수 없이 언니에게 물었다. 지금은 대화 상대가 언니밖에 없으므로.

"그게 왜 궁금한데?"

"앞의 경우라면 희망이 있을 거 같아서. 헤어지기로 결정하고 나서도 우리랑 크리스마스를 보내기로 했다면 말이야."

"그게 뭐가 중요하니? 어차피 헤어지기로 했는데."

좀 전의 깨진 유리컵을 떠올리자 갑자기 신경이 곤두섰다.

"난 중요해. 나한텐 중요하다고! 난 이번 겨울방학을 망치고 싶지 않아. 엄마 아빠의 이혼 때문에 아무것도 망치고 싶지 않다고!"

"네 말은 마치 엄마 아빠의 이혼 때문에 시험을 망치고 싶지 않다는 소리로 들린다."

"물론 시험도 망치고 싶지 않아."

"그래. 공부 열심히 해서 훌륭한 사람 돼라. 언니가 해줄 말은 이게 전부다."

언니가 더 이상의 대화는 사양한다는 듯 돌아누웠다. 나는 언니의 등에 대고 말했다.

"아빠 이혼하고 싶지 않은가 봐."

"그걸 이제 알았니?"

"알면 말려야 하는 거 아냐? 삼 남매가 오랜만에 모였는데 다 같이 힘을 합해서 이혼을 막아야 하는 거 아니냐고."

"우리가 나선다고 될 일이니? 부모님은 부모님이고, 우린 우리지."

전부터 느껴 왔던 거지만 언니는 이기적이다. 정말 자기밖에 모른다. 언니가 피곤하다는 듯 하품을 하며 말했다.

"자신 있으면 말려 봐. 난 내일 갈 거니까."

"방학이잖아?"

"나 없으면 혼자 방 쓰고 편할 텐데 뭘 그래?"

"알긴 아네. 어디로 갈 건데?"

"기숙사지 어디긴 어디야. 엄마 아빠 이혼한다는 집구석에 무슨 낙으로 붙어 있니?"

"그럼 난? 집구석에 있는 난 뭔데?"

"그건 네가 알아서 하고. 내년 크리스마스는 절대 여기서 보내지 않을 거야. 다른 나라에서 다른 공기를 마시며 다른 나라 사람들과 크리스마스를 보낼 거야."

또 또 번역체 문장.

"제발 그래 보시지. 자신 있으면. 나도 언니랑 크리스마스 보낼 맘 없으니까."

순간 벌컥 노크도 없이 문을 열고 오빠가 방으로 들어왔다. 노크

안 하고 들어오는 버릇은 여전했다. 어디, 라면 끓여 오라고 해 보시지.

"경아, 라면 끓여 와."

정말 한 치도 내 예상을 벗어나지 않는 곰 같으니.

"내 말 안 들려?"

오빠의 고3 수험생 시절, 라면을 끓여 오빠 방까지 날라 주었던 나의 흑역사가 떠올랐다. 오빠가 군대 가면 내가 라면 끓이는 일은 졸업하는 줄 알았는데. 최소한 휴학이라도.

"왜 나한테만 그래? 생일에 오빠한테 라면 끓여 주는 동생이 어디 있다고!"

"오늘이 네 생일이냐?"

"누가 생일 챙겨 달래? 심부름만 시키지 말란 말이야. 그것도 한밤중에. 지금이 몇 시인 줄 알아?"

"넌 첫 휴가 나와서 라면 먹겠단 오빠가 불쌍하지도 않니?"

"스파게티는 안 먹었어?"

"야, 솔직히 그거 먹으니까 더 배고프다. 장남이 군대에서 첫 휴가를 나왔는데 부모님이 다짜고짜 이혼한다잖아. 나 정말 비참할 것 같지 않냐?"

정말 곰 같다. 저걸 설득이라고. 언니는 등을 돌린 채 자는 척을 했다. 라면도 끓이기 싫고 오빠 말에 대꾸도 하기 싫다는 뜻이다. 여우 같으니.

요양원에 가시기 전 할아버지는 말씀하셨다. 오빠는 곰, 언니는 여우, 나는 곰도 여우도 아니라고. 그러니 셋이 모이면 뭐가 되겠어. 죽도 밥도 안 되겠지. 그런데 곰도 여우도 아니라면 난 대체 뭡니까?

벌떡 일어나 주방으로 나왔다. 어차피 끓일 거 대들어 봤자 나만 짜증 나는 일이다. 아빠는 소파 위에서 이미 곯아떨어졌고 안방에서도 엄마의 코 고는 소리가 거실까지 들려왔다. 기시감이 들었다. 예전에 내가 라면 끓이러 나왔을 때도 이랬었는데. 그땐 안방에서 코 고는 소리가 합창으로 새어 나왔었다. 지금은 장소만 바뀌었을 뿐 합창 소리는 여전했다. 엄마는 쿨쿨. 아빠는 드르렁드르렁. 코 고는 일에 관해선 어찌나 궁합이 잘 맞는지. 그런데 이 상황에 잠이 오다니 이해할 수가 없다.

식탁에 라면 냄비를 올려놓았다. 냄새 때문에 나도 먹고 싶어졌지만 참겠다. 오빠와 멀어지고 싶은 지금의 심경과 안 어울리니까. 달걀 안 넣었다고 투덜대기만 해 봐.

오빠가 냉장고를 열더니 소리쳤다.

"경아, 가서 소주 사 와. 무슨 냉장고에 소주 한 병도 없냐."

"누가 나한테 소주를 팔아? 나 미성년자야. 오빤 걱정도 안 돼? 엄마 아빠가 이혼한다는데?"

"아, 걱정되니까 술 마시려는 거잖아. 속상해서. 윤이 나오라 그래. 대책 회의 하자."

언니는 나오지 않았고 오빠는 라면을 먹자마자 곧바로 잤다. 고3 때처럼. 다음 날 아침 오빠의 얼굴은 불어 터진 군인 곰 그 자체였다.

나쁜 일 뒤엔 계속 나쁜 일이 일어난다. 상황은 계속 나빠졌다. 엄마는 선전포고한 대로 커트클럽에서 생활하기 시작했다. 아빠는 짐을 싸서 고시원으로 들어갔다. 언니는 대안학교 기숙사로 돌아가겠다고 했다. 엄마가 방학만큼은 집에서 쉬라고 말렸지만, 언니는 방학이 취소되었다고 말했다. 기숙사에서 도난사건이 일어나 방학이 취소되었다고. 공동체 내에서 도난사건이 일어나면 범인이 자수할 때까지 회의를 한다고 했다. 그래도 범인이 안 나오면 방학까지 취소한다고. 없어진 건 고작 주방의 카스텔라 여섯 개였다고 했다.

나는 반신반의했지만 엄마는 믿는 눈치였다. 그러면서 언니에게 방학 잘 보내라며 용돈까지 쥐여 주었다. 나는 짐꾼처럼 캐리어를 끌고 버스정류장까지 언니를 배웅했다. 언니는 가벼워 보이는 백팩을 메고 내 뒤로 사뿐사뿐 걸어왔다. 정류장에 도착해서야 겨우 언니와 나란히 설 수 있었다. 나는 아무 말도 하기 싫어 버스가 빨리 오기만을 기다렸다. 엄마가 시켜서 하는 수 없이 정류장까지 왔다는 것만 알아주었으면 좋겠다.

만일 지나가는 버스에 앉아 있는 누군가가 지금 우리의 모습을 본다면 '쟤네 왜 나란히 서 있지?' 하는 의문을 가질 것이다. 나는 이런 의문을 가진다. 왜 언니는 늘 손님이고 나는 하녀지? 왜 한집에서 이런 말도 안 되는 계급 차가 발생하지? 그래도 진실은 알고 싶다.

"거짓말이지?"

"뭐가?"

"방학 취소된 거."

언니가 아리송한 미소로 답했다.

"아마도?"

기다리던 버스가 왔다.

"엄마가 알면 상처받을걸?"

"프랑스 속담에 거짓말로는 상처를 입지 않는대."

언니는 잘난 척하는 표정을 지어 보이고는 버스에 올라탔다. 참 인터내셔널하다니까. 이젠 프랑스 속담까지 들먹이고.

나는 언니가 창가에 자리를 잡고 앉을 때까지 지켜보다 손을 흔들어 줄까도 생각했지만, 곧바로 뒤돌아섰다. 생각만 해도 짜증 나고 귀찮은 일이니까. 버스는 붕, 내게 매연을 선사하고 떠났다.

오빠는 휴가 기간 내내 혼자서 잘 마시지도 못하는 술만 마셨다. 엄마는 오빠에게도 용돈을 쥐여 주며 친구도 만나고 영화도 보고 바람도 쐬라고 했다. 하지만 오빠는 다 필요 없다며 술만 마셨다. 내 생각엔 만나서 영화 보고 바람 쐴 친구가 없어서 그런 것 같았다.

오빠가 부대에 복귀하기 전날, 난 오빠가 라면 끓여 오랄까 봐 동네 만화카페에서 시간을 때웠다. 서러웠다. 나만 용돈을 못 받은 거다. 나만 찬밥인 거다. 집에 오니 오빠는 이미 가 버리고 없었다. 결국 나만 남았다. 어떻게 이 집에 나만 남을 수가 있지? 어떻게….

머리를 쥐어뜯으며 이 상황을 슬퍼하면 나만 더욱 비참해질 뿐이다. 그러니 그냥 이 상황을 즐기자. 야호! 야호! 해방이다! 이렇게.

나쁜 일 뒤에는 더 나쁜 일이 일어난다. 상황은 점점 더 나빠졌다. 내 주제에 해방은 무슨.

아빠가 고시원에서 생활하자 엄마가 집으로 들어왔다. 그리고 부동산중개소에서 우리 집을 보러 온 사람과 중개인이 들이닥쳤다. 요양원에 가시기 전 할아버지가 집을 내놓은 것이다. 그제야 할아버지가 그동안 우리 집에서 사신 게 아니라 우리가 지금껏 할아버지 집에 얹혀살았다는 걸 알게 되었다.

이사 전날, 나는 할아버지 방에 들어가 보았다. 옥장판 밑에 감춰 놓은 돈이라도 있나 해서였다. 그런데 장판 밑에서 돈 대신 책 한 권을 찾아냈다. 《소녀경》이란 제목의 책이었다.

전에 할아버지가 이 책을 읽는 모습을 본 적이 있다. 그때 내가 "할아버지, 뭐 읽어요?" 하자 할아버지는 "으응. 성인용 의학서야"라고 답하셨다.

할아버지의 얼굴이 평소보다 심하게 홍조를 띠고 있었던 탓에 나는 "어디 아프세요?" 하고 물었다. 할아버지는 고개를 끄덕이며 "쉿, 아빠 엄마한텐 비밀이다. 내가 아프다는 거. 그래서 이 책을 읽고 있는 거 말이다" 하시며 장판 밑에서 이만 원을 꺼내 내 손에 쥐여 주셨다. 나는 이만 원 때문에 할아버지의 부탁을 들어주어야 할 것 같았다. 할아버지가 내게 용돈을 주는 일은 그야말로 언제 적 일인지 기억도 나지 않는다. 그만큼 연중행사였다.

지금 돌이켜 보면 정말 몹쓸 짓이었다고 생각한다. 내가 비밀을 지킨 덕분에 할아버진 건강이 더 나빠져서 결국 요양원에 가셨으니까. 그래서 이 책은 계속 비밀에 부쳐야 할 것 같다. 아무래도 내가 간직하는 게 낫겠다.

내 방으로 돌아와 《소녀경》을 펼쳤다. 할아버지가 밑줄을 그어 놓은 부분들이 눈에 쏙쏙 들어왔다. 그냥 책을 덮어 버릴까도 생각했지만, 할아버지의 손때가 묻은 책을 단숨에 덮는 건 예의가 아닌 것 같았다. 게다가 내 이름도 경이잖아? 내가 나를 어떻게 덮겠는가. 그것도 단숨에.

성인용 의학서를 탐독해야 할 정도로 할아버지는 아프셨던 것이다. 할아버지는 자신이 아프단 사실을 자식에게는 숨기고 싶었던 것이다. 독학으로 의학서를 터득해서 낫고 싶으셨던 것이다. 참으로 평생을 교직에 몸담고 사신 분다운 태도라고 생각한다.

나는 계속해서 책장을 넘겼다. 새삼 혜지가 절실하게 그리웠다. 우리가 절교하지 않았다면 이 의학서를 함께 읽어 나갔을 텐데.

그리고 남녀 간의 애정이 주제로 보이는 이 비현실적인 자세들에 대해 나름의 견해와 개인적 취향을 밝힐 수도 있었으리라.

사실 그간 혜지에게 연락을 안 해 본 건 아니었다. 혜지는 내가 연락할 때마다 계속해서 카톡과 문자를 씹었고 핸드폰도 받지 않았다. 함께 있을 땐 몰랐는데 헤어지고 나서야 비로소 혜지의 정체를 알게 되었다. 한마디로 독한 년이었다.

연립주택의 투룸 전세로 이사한 후에야 비로소 엄마 아빠가 이혼한다는 사실이 실감 났다. 이사하면서 엄마가 아빠의 짐을 상당 부분 처분했기 때문이다. 엄마는 집이 좁다는 핑계를 댔지만 새로 이사하는 집에 아빠의 흔적을 남기는 게 꼴도 보기 싫어서였을 거라고 생각한다.

방학 내내 나는 방에 처박혀 성인용 의학서를 탐독했다. 평소 취약한 부분인 수학을 집중 공략하고 싶었지만 부모님이 이혼한다는 생각에 전념할 수가 없었다. 다른 어떤 과목에도.

상처뿐인 겨울방학이 끝나고 개학이 다가왔다. 그리고 중3이 되었다.

＊

반성하지 않습니다

중학교 교실은 왜 이렇게 정신없고 정도 안 들까? 발밑엔 항상 지우개나 연필이 굴러다니고 애들은 그냥 말해도 될 걸 꼭 소리를 질러 의사를 전달한다. 그것도 쉬는 시간에만. 누군가 초등학교 교실로 슬쩍 팻말을 바꿔 단다 해도 전혀 손색이 없을 것 같다.

"야, 매점 가서 빵 사와!"
"팥빵? 소보로빵?"
"붕어빵!"

"나 코피 나! 크리넥스 있는 사람?"
"너 또 코 팠지?"

"쉬는 시간에 운동장에서 음악 줄넘기하자! 나가는 데 이 분, 들어오는 데 이 분. 육 분은 할 수 있어."

"그 시간이면 피구도 하겠다. 차라리 피구 하자!"

참, 열심히들 산다. 겨우 쉬는 시간 십 분 갖고 뭘 하겠다고. 나라면 귀찮아서라도 안 나가겠다.

우리 집도 정신없긴 마찬가지다. 엄마는 한 달째 이삿짐 정리도 안 한다. 풀어 놓지 않은 그릇이 주방에 그대로다. 뭐 하나 찾으려면 집 전체를 다 뒤집어 놓아야 한다.

어제는 엄마가 오징어 한 마리를 사 와서 잘라 먹기 위해 주방용 가위를 찾다가 실패했다. 나는 그냥 집 안 곳곳에 흩어져 있는 미용 가위로 자를 것을 권했는데, 오징어 대신 욕만 바가지로 얻어 먹었다. 나를 노려보던 엄마는 한마디로 프로의 세계를 침범당한 자의 표정이었다. 결국 엄마는 내게 다리 한쪽도 안 나눠 주고 혼자 오징어를 일일이 손으로 찢어서 먹었다.

아침에는 화장실에 가다가 거실 바닥을 굴러다니는 맥주 캔을 밟고 넘어질 뻔했다. 정말이지 집도 어수선하고 내 방도 어지럽고 교실은 시장 같고 애들도 시끄럽고 도대체가 맘 붙일 구석이라곤 한 군데도 없다. 차라리 할아버지의 청소 제안을 실천해 볼까? 책상에서 의자까지 한구석으로 싹 다 밀어 버려?

그래도 딱 하나 다행인 일이 있다면 혜지가 같은 반이 되었다는 것, 이라 말하고 싶지만 우리 사이는 이미 작년 크리스마스 때 징글벨과 함께 종 친 상태가 아닌가.

신은 잔인하다. 초등학교 동창 혜지와 중1, 2학년 때 그렇게도 같은 반이 되게 해 달라고 빌었건만 한 번도 내 기도를 들어주지 않다가 절교를 하니까 같은 반이 되게 해 주었다. 하느님! 혹시 별명이 청개구리 아니세요?

혜지가 창가에 앉아 있다. 혜지를 바라본다. 혜지를 보고 있자니 새삼 혜지가 그리워진다. 보고 있어도 그립다. 한 번이라도 친구와 깊은 우정을 나누어 본 사람이라면 내 말뜻을 이해할 것이다.

그동안 우리는 죽이 잘 맞았다. 옛날 영화와 순정만화를 좋아했고 크림소스 스파게티를 사랑했다. 좋아하는 책은 한 구절씩 번갈아 가며 같이 읽었다. 내일 당장 한 달 치의 용돈이 떨어지는 한이 있더라도 오늘 기꺼이 한 조각의 피자를 시켜 나눠 먹었고 길고양이를 만나면 가방에 든 우유라도 내밀었다. 반에서 누가 짱 노릇을 하면 지질하고 미약한 방법으로나마 반드시 복수했고, 따돌에겐 무조건 양보했다. 예쁘고 공부 잘하는 애들은 질투해도, 착하고 공부 잘하는 애들은 질투하지 않았다. 무엇보다 우리는 수학에 취약한 것도 똑같았다.

예전의 혜지라면 같은 반이 된 걸 죽어라 기뻐했을 텐데. 매점에 달려가 주스라도 사서 건배했을 텐데. 잘난 언니와 독재자 오빠를 함께 욕해 줬을 텐데. 둘 다 부모가 불화를 겪고 있는 동지로서 내 부모의 이혼 선언에 함께 흥분하고 슬퍼해 줬을 텐데. 그리고 진취적이고 건전한 사이답게 함께 새 학기 계획을 세웠을 것이다.

취약한 수학을 집중 공략하는 대신 다른 암기 과목의 공부 시간을 늘리기로.

왜 그렇게 말끝마다 수학이 어렵다고 노래를 하냐고? 음, 솔직히 말하겠다. 수학은 한마디로… 이해가 안 간다. 솔직히 다양성을 존중하는 요즘 같은 시대에 정답을 하나만 골라야 한다는 건 정말이지 이해가 안 간다. 그건 내 취향이 아니다.

속이 부글부글 끓기 시작했다. 나쁜 계집애 같으니. 수업시간이라 소리를 지를 수가 없어서 노트에다 혜지에 대한 분노를 연필로 꾹꾹 눌러 담고 있는데 짝꿍이 내 옆구리를 쿡 찔렀다.

"왜?"

짝꿍이 대답 대신 내게 눈짓을 했다. 알았어. 칠판 볼게. 보면 될 거 아니야. 고개를 들어 칠판을 보니 다음의 내용이 적혀 있었다.

이차방정식의 근의 공식

$$x = \frac{-b \pm \sqrt{b^2 - 4ac}}{2a}$$

근의 공식을 이용하여 이차방정식을 풀 수 있고, 이차방정식의 근의 개수를 알 수 있다.

저게 대체 뭔 말일까? 외계인 용어? 뜻을 파악하려고 칠판을 뚫어져라 보는데 짝꿍이 계속해서 눈짓했다. 갑자기 불길한 예감이 들었다. 아니나 다를까. 옆으로 고개를 돌리니 수학샘이 서 있었다. 수학샘이 내 옆에 서서 날 내려다보고 있었다. 헉! 언제 오셨어요?

긴 자보다 더 길쭉한 수학샘이 막대자로 짝꿍의 노트와 내 노트를 가리켰다. 짝꿍의 노트엔 칠판에 있는 내용이, 내 노트엔….

나쁜 X, 독한 X, 못된 X

이렇게 적혀 있었다.

수학샘이 어이없다는 듯 물었다.

"근의 공식이 나쁜 X라고?"

나는 손사래를 쳤다.

"아니, 그게 아니라요…."

수학샘이 갑자기 앞으로 걸어가더니 칠판에 적힌 내용을 전부 지워 버렸다. 완전 날쌘 다람쥐가 따로 없었다. 수업 종 치면 교실 나갈 때나 저럴 것이지.

빈 칠판 앞에 선 수학샘이 막대자로 나를 가리켰다.

"그럼 너, 일어나서 근의 공식 한번 외워 봐. 착~하게."

지금껏 그래왔듯 수학샘의 썰렁 유머에 웃는 애들은 하나도 없었다. 샘, 내가 제일 싫어하는 게 규칙이랑 공식이거든요. 근데 그

걸 외우라고요?

호흡을 가다듬고 머릿속으로 근의 공식을 차분히 떠올리려는데 수학샘이 입가에 비웃음을 머금으며 비아냥거렸다.

"외울 리가 없지. 수업시간에 그딴 낙서나 하고 자빠졌는데. 너 일차방정식은 아냐?"

그 몇 초를 못 기다려서 대놓고 날 무시하다니. 그래도 애는 써 보려 했는데. 수학샘의 태도에 짜증이 솟구쳤다.

"수학은 이해 과목인데 왜 암기를 시키세요?"

애들이 킥킥대고 웃기 시작했다. 수학샘이 기가 막힌 표정을 지었다.

"뭐? 지금 뭐라 그랬냐?"

"수학은 암기 과목이 아니라고요."

"더 크게 말해 봐!"

"싫어요. 알아들으셨으면서."

아이들의 웃음소리가 점점 커졌다. 수학샘이 벌겋게 상기된 얼굴로 소리쳤다.

"너, 수업 끝나고 교무실로 와!"

너, 너 하지 마세요. 내 이름도 모르나 봐.

"여기서 말씀하시면 안 돼요?"

"오라면 와!"

수학샘이 여전히 상기된 얼굴로 소리를 질렀다. 나는 승복한다는 뜻에서 고개를 숙였다. 목소리 큰 사람과 나이 든 사람이 무조건 이기는 이 교실의 제도적 모순을 슬퍼하면서.

새로운 사냥감을 발견한 듯 수학샘의 시선이 이번엔 뒷자리로 향했다. 수학샘이 다시금 상기된 표정으로 말했다.

"거기 맨 뒤!"

뒤를 돌아보니 맨 뒷자리에 앉은 백미나가 거울을 보며 귀걸이를 만지작거리고 있었다. 자뻑순이, 거울공주, 새침녀, 변덕의 여왕—별명은 많지만 뜻은 다 거기서 거기다—미나가 새침한 표정으로 물었다.

"저요?"

"그래, 너! 너, 귀 뚫었어?"

쟤 이름도 모르나 봐.

수학샘의 질문에 미나가 머리를 귀 뒤로 넘기며 눈을 예쁘게 치켜떴다. 눈썹이 짙고 긴 걸 보니 마스카라 한 게 틀림없어.

"왜요? 귀걸이 사 주시게요?"

"가지가지 한다. 누가 전교 꼴찌 반 아니랄까 봐."

수업 종료를 알리는 종소리가 울리자 아이들이 일제히 책을 덮었다. 유독 이럴 때는 단합이 잘된다. 쉬는 시간 십 분에 목숨 거는 아이들이니까.

수업을 마치자마자 교무실로 향했다. 다행히 담임은 자리에 없었다. 학기 초부터 다른 반 샘에게 불려 온 내 모습을 보면 자존심 상할 거야.

수학샘이 백지를 내밀었다.

"네가 뭘 잘못했는지는 알지? 한 시간 동안 저기서 반성문 써서 내고 가."

나는 백지를 받아 들고 수학샘이 가리키는 자리에 가서 앉았다. 선생님들이 드나들 때마다 흘금대는 걸로 보아 학생들에게 수치심을 느끼게 하려고 앉히는 자리 같았다. 의도란 측면에선 성공적이었다. 앉자마자 수치심이 느껴졌으니까.

나는 반성문을 쓰기 시작했다. 한 시간은커녕 일 분도 안 걸렸다.

반성하지 않습니다. 이런 식으로는.

수학샘이 자리를 비운 사이 책상 위에 반성문을 올려놓고 교무실을 나섰다. 뿌듯함이 밀려왔다. 지필평가에서 한 줄만 쓰고 제일 먼저 교실을 빠져나온 모범생의 기분이랄까? 모처럼 저지른 일탈에 자부심마저 생겼다.

사실 잘못한 게 없는 건 아니었다. 이건 일종의 반항이었다. 반항이 아니라면 나의 사춘기 흑역사를 무엇으로 채운단 말인가. 나는 결코 지난 수학 시간을 후회하지 않는다. 이보다 더한 짓도 할 수 있다.

문득 언니가 떠올랐다. 정답을 알면서도 백지를 내고 교실을 빠져나온 우등생. 전교 1등을 하던 언니가 학교를 그만두고 대안학교에 들어갔을 때도 지금의 나와 같은 심정이었을까?

"여경~!"

버스정류장에 서 있는데 누가 내 이름을 불렀다. 돌아보니 미나다. 옆에 같은 반 수진이가 나란히 걸어오고 있다. 그리고 혜지도. 요즘 부쩍 셋은 껌처럼 붙어 다닌다. 얘네들 뭐 하다 이제 집에 가는 거지? 껌 좀 씹다 가나? 아무리 봐도 니들 셋, 정말 안 어울린다.

수진이의 별명은 순진녀다. 멍청해 보일 때도 있고 순수해 보일 때도 있는데, 멍청해 보일 때가 더 많다. 수진이는 학기 초부터 치아 교정기를 끼고 다니는데 그러지 않아도 혀 짧은 목소리가 더 짧게 들린다. 수진이는 남자애들 앞에선 일부러 목소리를 여성스럽게 낸다. 그래 봤자 치아 교정기로 인해 더 어리게만 들린다는 걸 수진이는 알까?

미나가 내 옆에 와서 섰다.

"너, 정말 통쾌하더라. 아까 수학 소리치는 거 봤지?"

들었지.

미나가 덧붙였다.

"완전 노총각 히스테리 아니니?"

"히스테리는 자궁을 뜻하는 그리스어야. 그래서 여자한테만 해

당돼."

내 대답은 미나를, 눈길은 혜지를 향했다. 혜지는 일부러 내 시선을 피했다. 미나가 무안한 듯 말을 돌렸다.

"그, 그래? 너 아직 귀 안 뚫었구나?"

"난 보이는 데는 안 뚫어."

두 번째 무안을 당한 미나가 선심 쓰듯 말했다.

"너 우리 BP클럽에 들어오지 않을래? 마감됐지만 넌 특별히 받아 줄게."

"그게 뭐 하는 클럽인데?"

"Best Princess라고 공주들만 들어올 수 있는 클럽이야."

하마터면 웃을 뻔했다. 공주라니, 지금이 어느 시대인데.

즉흥적인 미나의 제안에 혜지가 반발하고 나섰다.

"미나야, 새 회원을 뽑으려면 먼저 기존 회원들의 동의를 구하는 게 순서 아니니?"

"왜? 난 짱인데? 뭐가 잘못됐어?"

혜지의 얼굴이 붉어졌다. 나는 곧장 미나에게 거부 의사를 밝혔다.

"글쎄, 난 공주가 아니라서."

"그건 맘먹기 나름 아니겠어? 다시 한 번 생각해 봐."

버스가 왔다. 미나가 선약이 있다며 종종걸음으로 버스에 올라탔다. 버스가 급하게 미나를 태우고 사라졌다. 혜지가 버스 뒤꽁무니를 보며 불안한 표정으로 말했다.

"삐졌나 봐. 늘 저런 식이야. 삐지면 그냥 혼자 가 버려."

수진이가 맞장구를 쳤다.

"맞아. 미나한테 약속 있다는 말, 못 들었어."

혜지가 수진이에게 제안했다.

"우리끼리 2차 갈래? 미나한테는 말하지 말고."

"그래. 말하면 또 삐질 거야."

순간 얘네들을 따라 2차를 가고픈 충동에 휩싸였다. 그러나 고개를 저었다. 혜지가 들어줄 리도 없는 데다 기다리던 버스가 왔으므로.

이튿날 담임이 수학샘에게 반성문 사건의 전말을 전해 듣고는 내게 한 달간 방과 후에 교육복지실로 갈 것을 명령했다. 반성문으로도 해결 안 되는 아이들에게 주어지는 다음 코스. 한층 심화된 벌칙이었다.

담임이 수학샘과 한통속이란 생각을 하자 나는 어떤 변명도 늘어놓기가 싫어졌다. 그래서 수업이 끝나자마자 우리 학교 왕따 집합소, 그리고 문제아 처리반이라 불리는 교육복지실로 향했다.

*

왕따니? 문제아니?

교육복지실은 한마디로 어수선했다. 책꽂이에 꽂히지 않은 책들이 여기저기 흩어져 있었고, 다양한 종류의 필기도구들이 사방을 굴러다니는 모습이 내 방 분위기와 흡사했다. 상담샘을 만나기도 전에 동지애가 발동하는 느낌이었다. 심지어 벽에 나란히 붙어 있는 두 개의 아이돌 포스터를 보자 빵 터지는 줄 알았다. 포스터 속 주인공들은 공평하게 요즘 가장 인기 있는 남자 아이돌 그룹과 여자 아이돌 그룹이었다. 어쩐지 속이 들여다보였다.

선생님, 아이돌 취향이세요? 그럴 나이는 지난 것 같은데.

갑자기 혜지와의 첫 만남이 떠올랐다. 초등학교 6학년 때 우리는 보건실에서 처음 만났다. 나는 자따였고, 혜지는 전따였는데 둘 다 생리통을 핑계로 보건실에 누워 있었다. 나란히 침대에 누운 우리는 첫눈에 서로의 정체를 알아보았다. 같은 과라는 걸 말이다. 그래서 바로 등을 보이며 돌아누웠다.

그 무렵 나는 언니 때문에 심한 스트레스에 시달리던 중이었다.

가위 입으로부터 "네 언니 반만 닮아라", "경이는 왜 윤이를 닮은 구석이 하나도 없을까"란 비슷비슷한 말을 귀가 따갑게 듣는 중이었으니까.

나는 엄마의 말이 비유부터 잘못되었다고 생각한다. 닮으려면 내게 유전자를 물려준 엄마나 아빠를 닮아야지, 왜 언니를 닮는가? 언니가 내 부모라도 되나?

다른 집은 막내가 귀여움을 독차지한다는데. 하지만 난 이런 말은 입 밖에 내지도 않았다. 비교하는 어른을 따라 하면 나중에 똑같은 어른이 될 것 같아서.

결국 나는 언니를 반만이라도 닮아야겠다는 생각에 친구를 사귀지 않았다. 내 머리로 언니의 성적을 따라가려면 하루 종일 공부한다 해도 시간이 모자랐다. 그래서 온종일 공부를 했냐면 그건 아니다. 그냥 책상에 붙어 앉아 있었다. 나는 온종일 책상에 붙어 앉아서 공부 따위는 하지 않았다. 이건 일종의 반항이었다. 당연히 성적은 제자리였다. 엄마는 내가 노력하는 것에 비해 성적이 안 오른다고 속상해했다. 자기 딸이 머리가 나쁘다는 걸 인정하긴 싫었을 거다. 그래서 자따가 된 거다. 온종일 책상에 붙어 앉아 아무것도 안 하느라 친구 사귈 시간이 없어서.

경험자로서 조언하자면, 책상에 붙어 앉아 아무것도 안 하니 차라리 공부를 하는 게 낫다. 우리 나이에는 뭐라도 하는 것이—하다못해 공부라도—아무것도 안 하는 것보다 한결 쉬운 일이기 때문이다.

그 당시 돌아누운 혜지 등에는 '나 따야. 한 대 때려 줘'라는 메모지가 붙어 있었다. 분명 같은 반 애들이 한 짓이었을 거다.

헉, 터져 나오려는 웃음을 참으며 혜지의 등에서 몰래 메모지를 떼어 내는 순간, 이번엔 예상치도 않은 눈물이 터졌다. 화장실에 간 보건샘이 들어오기 전에 나는 혜지의 등에 붙은 메모지를 떼어 내야 했다. 혜지가 내 쪽으로 돌아누우며 물었다.

"너, 왜 우니?"

나는 혜지에게 들킬까 봐 메모지를 와락 구기고는 침대 밑으로 감추었다. 그리고 물었다.

"나 따야. 나랑 친구 할래?"

그리고 겨울에 눈사람도 같이 만들자.

혜지는 선심 쓴다는 표정으로 고개를 끄덕였다. 우리는 그날로 단짝이 되었다. 그러니 제발 아무도 들어오지 말길. 이 시간에 교육복지실에 드나드는 애는 분명 나나 혜지 같은 애일 테니까. 그런 애와 마주치면 우리는 타이밍상 어쩔 수 없이 끌릴 테고, 끌리면 친구가 될 테고, 결국 따끼리 놀다가 나중에 절교밖에 더 하겠어.

이런 생각을 하며 나 혼자 고개를 젓고 있는데 교육복지실의 문이 열렸다. 다행이다. 상담샘이었다. 상담샘이 꽃병을 들고 들어왔다. 상쾌한 프리지어 향기가 실내에 퍼졌다.

"안녕? 누구니?"

"3학년 1반 여경인데요."

"아아, 여자 경찰? 담임선생님께 얘기 들었어."

내 이름으로 즉석에서 이행시를 짓다니 저 놀라운 순발력. 나는 곧장 경례로 답했다.

"충성! 신입 여경입니다. 잘 부탁드립니다."

산만하고 지저분해서 어딘지 묘하게 끌리는 이 방 분위기에 저절로 경계심이 풀어졌다. 가만, 내가 지금 상담샘 앞에서 명랑하게 굴 처지는 아니잖아? 아니나 다를까,

"호호호, 너 재밌는 애로구나?"

상담샘이 까르르 웃어 대며 의자에 앉으라고 권했다. 반성 의자 같아서 앉기 싫었지만, 거절은 예의가 아닌 것 같아 앉았다.

요양원에 가시기 전 할아버지는 말씀하셨다. 어른이 뭔가를 권할 땐 거절하지 말라고. 단, 유괴하려는 어른은 빼고 말이다. 할아버지, 저 유괴당할 나이는 지났거든요.

"어디 보자. 우리 경이는 왕따니? 문제아니?"

당황한 나머지 얼굴이 화끈거렸다. 아니, 뭐 이런 노골적인 질문을…. 샘! 적이 참 많으시겠어요.

"둘 다요. 근데 왕따보단 자따가 더 정확할걸요."

"뭐? 호호호. 그래서 여길 오게 된 거야?"

상담샘이 필요 이상으로 크게 웃었다. 어쩐지 오버하는 것 같기도 했다.

"제가 한 시간 동안 반성문을 한 줄만 썼거든요."

"그래? 뭐라고 썼는데?"

"반성하지 않는다고요."

상담샘의 웃음은 그치지 않았다. 갑자기 상담샘이 내 유머를 이해할 줄 아는 인간일지 모른다는 생각에 마음이 착잡해졌다. 그간 누구에게도 내 유머감각을 인정받지 못해 많이 외로웠는데 오래 참고 기다려 온 상대가 하필 교육복지실의 상담샘이라니, 너무 구리잖아!

교육복지실을 나설 무렵, 상담샘은 내 유머를 이해할 줄 아는 인간이 아니라 웃음이 헤픈 인간일 거란 쪽으로 생각이 바뀌었다. 샘이 상담시간 내내 내 말 한 마디 한 마디에 줄곧 몸을 흔들어 가며 계속 웃어 댔기 때문이다.

*

나쁜 X의 공식

점심시간에 식판을 들고 일부러 구석 자리에 가서 앉았다. 엄마 아빠의 이혼 선언 이후, 혜지에게 절교당한 후, 자따로 돌아가려고 노력하고 있다.

혜지야, 걱정 마, BP클럽인지 공주클럽인지 너희 클럽 따위 관심 없어. 새 회원 받으려면 미나한테 클럽 이름부터 바꾸라 그래. 난 당분간 속세와의 인연을 끊고 수녀처럼 지내기로 했거든. 그런데 이 왕성한 식욕은 뭐람? 밥을 크게 한 숟갈 푹 뜨는 순간 반장이 식판을 들고 내 앞으로 다가왔다.

별명이 스마트 왕자인 반장 강지섭이 내 앞의 빈자리를 보며 물었다. 스마트폰 왕자가 아니란 게 얼마나 다행인지.

"앉아도 돼?"

나는 서둘러 숟가락을 내려놓고 젓가락을 들어 밥을 다시 집었다. 반장 앞에서 입 벌리긴 싫은데. 긴장돼서 제대로 먹을 수 있을까.

"내 허락 받을 일 있니? 자리 비었는데."

방과 후에 내가 교육복지실을 드나든다는 소문이 벌써 났나 보다. 그래서 불쌍해 보이는 걸까?

괜히 찔려서 반장에게 쌀쌀맞게 굴었다. 아니나 다를까, 반장이 내 앞에 앉자마자 나는 식탁 위에 밥풀을 흘리고 말았다.

"여기."

반장이 잽싸게 냅킨을 건넸다. 거봐. 네 옆에서 밥 먹기 싫다고 했잖아. 긴장되니까 이런 일이 생긴다고.

"이번에 전교회장 나가?"

나는 숟가락을 집어 드는 반장에게 물었다.

"그건 왜 물어?"

"일부러 친절할 건 없어."

"좋아서 그러는 건데?"

반장이 날 향해 미소를 지어 보이고는 밥을 먹기 시작했다. 스마트 왕자의 미소에 잠깐 마음이 흔들렸지만 수녀처럼 지내겠다는 결심이 무너진 건 아니었다. 그냥 잔잔한 호수에 아주 작은 조약돌을 던졌을 때 일어나는 파문 정도?

반장이 내 머리를 보며 물었다.

"그 머리, 원래 곱슬 맞니?"

밥 먹을 땐 개도 안 건드린다는데 하필 지금 남의 약점을. 너도 눈치깨나 없는 애구나? 나는 툴툴거리며 답했다.

"그럼 일부러 이렇게 파마했겠니?"

나도 곱슬머리가 싫어서 생머리로 파마하고 싶은데 엄마는 머릿결 상한다고 결사반대한다. 생떼를 써도 울어 봐도 소용이 없다. 파마약 값 아까워서 핑계 대는 거 누가 모를 줄 아나.

반장이 밥을 먹다 말고 내 얼굴을 빤히 쳐다보았다.

"너, 내가 이상형이지?"

"뭐?"

"여자애들은 맘에 드는 남자 앞에서 일부러 툴툴거린다며?"

"네 이상형은 수지니?"

"왜 그렇게 생각해?"

"남자들은 예쁜 여자들만 보면 사족을 못 쓰잖아."

"모든 남자가 다 그런 건 아니야."

순간 맞은편 테이블에서 밥을 먹고 있는 미나와 눈이 딱 마주쳤다. 미나가 내게 살짝 윙크를 했다. 이렇게 표현하긴 싫지만 BP클럽 애들이 함께 밥을 먹는 중이다. 혜지와 수진이는 뭐가 그렇게 재밌는지 연신 까르르댄다. 혜지의 귀에서 귀걸이가 찰랑거린다. 그러고 보니 클럽 멤버들이 똑같은 귀걸이를 하고 있다.

나는 미나가 앉아 있는 자리를 노려봤다. 원래 그 자리가 내 자리야. 내가 앉아 있어야 할 자리라고. 난 알 수 있다. 혜지의 웃음에 먹구름이 껴 있다는 걸. 그늘이 드리워져 있다. 웃음소리만 들어도 알 수 있다.

혜지야, 날 떠나서 고작 저런 애들한테 간 거니? 겨우 저런 애들한테 가려고 날 떠난 거야?

  방과 후에 찾아간 교육복지실은 문이 굳게 잠겨 있었다. 상담샘이 내가 온단 사실을 잊은 건가? 분명 이 시간이 맞는데 상담 하루만에 땡땡이라니. 학생도 아니고 선생이.

  혹시 문에 메모라도 붙어 있나 해서 살펴보았지만 쪽지 하나 없었다. 포기하고 발걸음을 돌리는데 시원하면서도 뭔가 허전한 느낌이 들었다. 내가 왜 이러지? 마음 붙일 데가 그렇게도 없나? 지금 누가 나를 툭 건드리면 눈물이 주르륵 흘러내릴 것만 같다.

  집에 돌아와서 저녁을 먹자마자 이불을 뒤집어쓰고 누웠다. 엄마가 오기 전에 일찌감치 잠드는 게 목표다. 요즘 시종일관 우중충한 분위기만 연출하는 엄마와 대화하기가 짜증 난다. 화장대 서랍 안에 그대로 놔둔 이혼서류에 대해 묻고 싶은 마음은 굴뚝같지만.

  순간 핸드폰이 울렸다. 이 시간에 나한테 전화하는 사람은 보나마나 엄마일 거야. '너 요새 불 켜놓고 잠들더라? 일찍 자려면 불이나 끄고 자.' 이런 잔소리나 하려고 전화했겠지. 귀찮아서 안 받고 그냥 자려는데 핸드폰이 계속 울려 댔다. 급한 일인가? 핸드폰을 들어 발신자를 확인하니… 앗, 혜지다.

  어떡하지? 받아서 뭐라 그러지? 가만, 이걸 내가 왜 걱정한담?

혜지가 내게 용건이 있어서 전화한 건데. 그냥 받으면 되지.

나는 전화를 받았다. 최대한 냉랭한 목소리 톤을 유지하려 애쓰며.

"무슨 일이야?"

혜지가 다짜고짜 말했다.

"너, 우리 클럽에 안 들어왔으면 좋겠어."

나보다 더 냉랭한 혜지의 말투에 오기가 생겼다.

"왜?"

"미나가 널 좋아하는 것 같진 않아."

"미나가 너도 좋아하는 것 같지 않던데?"

"그걸 어떻게 알아? 네가 미나를 알아?"

"혜지야, 그거 알아? 너 변했어. 너 귀걸이 하는 애 아니잖아. 조금 있으면 화장도 하겠더라?"

"네가 참견할 일 아니잖아? 다시 말하지만 우리 클럽에 안 들어왔으면 좋겠어. 난 반대야."

혜지가 일방적으로 전화를 끊었다. 믿어지지 않았다. 몇 달 만에 전화해서 한다는 소리가 나한테 자기네 클럽에 들어오지 말라니.

으아아아, 정말 나쁜 X다. 내가 수학 시간에 허투루 낙서한 게 아니야. 네가 이렇게 나올 줄 알고 적은 거야. '나쁜 X의 공식'이 저절로 세워졌다.

$y=x(a+b+c)$

(여기서 y=나쁜 X, x=옛 베프, a=모른 척하기, b=태클 걸기, c=전화 끊기를 뜻함)

위 공식을 풀어쓰면, $y = ax + bx + cx$
대입하면,

나쁜 X=옛 베프 모른척하기+옛 베프의 클럽 가입 태클 걸기+옛 베프에게 밤늦게 전화하고 일방적으로 끊기=혜지

고로, 나쁜 X=혜지

베개 위로 눈물이 툭하고 떨어졌다. 이래도 내가 일차방정식을 모른다고?

혜지야, 결국 네가 오늘의 마지막을 내가 싫어하는 공식으로 마무리해 주는구나. 혜지를 원망하다 잠이 들었다. 불을 켠 채로.

인생이 아름다워?

수학 단과와 영어 내신반에 새로 등록하는 날이다. 학원비를 타 가려고 커트클럽에 들어섰다. 엄마가 같은 상가에서 치킨집을 하는 진상 아저씨의 머리칼을 잘라 주고 있다. 진상 아저씨의 머리칼을 자르는 엄마의 손놀림에서 리듬감이 느껴진다. 참고로 진상 아저씨는 총각이란 소문과 홀아비란 소문이 있는데, 어느 쪽이 진실인지 본인이 아직 진상을 밝히지 않고 있다.

"정자 누나, 집에 못 박을 일 있으면 언제든 얘기하세요."

누나라니. 어디서 친한 척을. 우리 엄마보다 더 늙어 보이면서.

"그럼 나야 고맙지. 호호호."

그럼 이야기를 하나 보다. 이사한 지 석 달이 지나도록 엄마 혼자 벽에 못 하나도 박지 못해 애물단지가 되어 가고 있는 산수화. 엄마가 제일 아끼는 산수화라는데 나는 아직 산수화의 매력을 발견하지 못하고 있다. 어쩐지 수학이 떠올라서.

엄마가 나를 보자마자 가위를 내려놓고 서둘러 문밖으로 데리고 나왔다. 뭐야, 이 행동은? 내가 못 올 데를 온 건가?

"경아, 당분간 수학은 끊어야겠다. 영어만 다녀. 아니면 영어 끊고 수학만 다닐래?"

참 대답하기 곤란한 질문을 하시네요.

"뭐야, 애들은 학원을 더 늘리는 판인데. 나 이제 중3이야."

"누가 모른데? 근데 이제부터 긴축재정 해야 돼."

"이달부터 독서실도 끊어 주기로 했잖아."

"그냥 도서관 다녀."

"싫어."

"공짠데 왜 싫어?"

난 공짜 싫어! 도서관은 혜지가 생각난단 말이야….

엄마가 주머니에서 학원비를 꺼내 내 손에 쥐여 주었다.

"어서 가 봐. 엄마 들어간다."

엄마가 서둘러 커트클럽 안으로 들어갔다. 나는 미용실 밖에 서서 진상 아저씨를 노려보았다. 총각인지 홀아비인지 알게 뭐냐. 우리 집에 오기만 해 봐. 와서 못 하나라도 박기만 해 봐.

학원에 가는 대신 무작정 이태원행 버스에 올라탔다. 창밖으로 내다본 거리에선 은행나무들이 이사를 가고 있었다. 나무들이 트럭 짐칸에 실린 채 2차선 도로를 쌩쌩 달리고 있었다. 나도 따라가고 싶었다. 나무를 따라 이곳을 떠나 다른 땅에 뿌리를 내리고 다른 공기를 마시며…. 아, 뭐라는 거야. 누구 생각나게. 여경! 배신 때리지 마. 오늘 네 목적지는 이태원이야.

버스가 이태원에 무사히 도착했다. 봐 주는 사람은 없었지만 당당하게 내렸다. 그래, 여기 오길 잘했어. 이국적이고 생소해서 맘에 든다. 외국인들도 간간이 눈에 띄고. 영어는 잘 못하지만 괜히 잉글리시로 스피킹하고 싶어지네. 앞으로 자주 들러야겠다.

이태원 큰길가를 걷다가 골목길로 접어들자 '피어싱'이라는 글씨가 적힌 가게 하나가 눈에 들어왔다. 나는 냉큼 가게로 들어섰다. 직원이 다가왔는데, 웬 걸(Girl)? 흑인 소녀였다. 내게는 언니뻘이지만. 빌자마자 바로 이루어지는 소원도 있다니 얼떨떨했다.

직원이 물었다.

"You want a piercing?"

방금 피어싱을 하러 왔냐고 물은 거겠지?

"예, 예스. 아이 두."

나는 떨리는 목소리로 답하며 겨우 고개를 끄덕였다. 직원이 간이침대를 가리켰다. 나는 간이침대에 가서 누웠다. 직원이 재차 물었다.

"Where do you want it?"

"왓?"

직원이 이번엔 또박또박 물었다.

"Where do you want the piercing?"

으으, 어디를 피어싱하고 싶은지 묻나 보다.

"배, 배꼽."

나는 배꼽이란 영어 단어가 떠오르지 않아서 손으로 배꼽을 가리켰다. 직원이 알았다는 듯 고개를 끄덕였다. 그래, 눈에 보이지 않는 곳을 뚫어야 한다. 적어도 나는 내가 뱉은 말에 대해선 책임질 줄 아는 인간이 되어야 한다.

직원이 피어싱 도구를 내왔다. 도구는 비녀처럼 긴 바늘, 그리고 마취 연고가 전부였다. 직원이 긴 바늘을 배꼽에 들이대자 "웨잇 어 미닛!"이란 대사가 목구멍까지 올라왔지만 바늘은 이미 배꼽 안으로 쑥 들어가고 있었다. 에라, 모르겠다. 나는 눈을 질끈 감았다. 아프면 아픈 대로 안 아프면 안 아픈 대로 받아들이자. 이 순간의 운명을.

나는 가늘게 눈을 뜨고 직원에게 말을 붙였다.

"왓츠 유어 네임?"

"Why?"

"유 아 마이 퍼스트. 아이 원투 노우 유어 네임. 비코즈 퍼스트 타임 이즈 베리 임폴턴트 에브리바디."

난 언니가 처음이에요. 그러니까 이름 정도는 알려 줄 수 있잖아요? 처음은 누구에게나 소중한 거니까.

"My name is 순이."

"수니? 써니가 아니고 수니?"

"예, 순이."

직원은 '별 웃기는 애 다 보겠다'는 표정으로 씩 웃곤 손에 힘을 콱 주었다. 악, 소리가 절로 났다. 곧이어 내 배꼽에 앙증맞은 배꼽찌가 채워졌다. 직원이 나를 침대에서 일으키며 우리말로 똑 부러지게 말했다.

"오늘은 술 먹지 마. 오케이?"

우리말을 이렇게 잘하면서 처음부터 왜 영어로 물어본 거야? 나 진땀 흘리는 게 그렇게도 보고 싶었나?

엄마에게 받은 학원비를 지불하고 나서 피어싱 가게를 나섰다. 비로소 오늘 방과 후에 교육복지실에 들르지 않았다는 사실이 떠올랐다. 뭐 어때. 상담샘도 땡땡이치는데. 남은 학원비로 스파게티나 사 먹어야겠다.

스파게티집에 들어가 크림소스 스파게티를 시켜서 먹는 순간 처음부터 목구멍에 걸렸다. 피어싱을 하면 뭔가가 뻥 뚫리는 기분일 줄 알았는데 더 막혔다. 나는 포크를 내려놓았다.

이게 다 엄마 아빠 때문이다. 얼어 죽을 크리스마스 때문이다. 이제 죽을 때까지 크리스마스는 떠올리지 않을 거다. 스파게티 따위, 안 먹을 거다. 자리에서 일어나 레스토랑을 나서는 순간 언니에게서 카톡이 왔다.

그 인간들 어떻게 지내니?

으으, 대답하기도 싫었지만 답을 날렸다.

> 각자 알아서.

다시 날아온 카톡.

> 왜 아직 이혼 안 한대?

> 직접 물어보지 그래?

> 직접 물어보기 싫으니까 그렇지.

> 내가 어떻게 지내는지는 궁금하지도 않아?

나한테 관심 가져 달라는 말 같아서 메시지를 보낸 걸 후회했지만 이미 언니가 내 카톡을 확인한 후였다.

> 그러는 넌?

나는 더 이상 답하지 않았다. 우리의 카톡 대화는 여기서 끝이 났다.

집에 오니 엄마가 거실 소파에 앉아 리모컨으로 TV 채널을 돌리고 있었다. 엄마는 채널을 한곳에 고정하지 못하고 계속 이리저리 돌려 댔다.

"엄마."

"배고프지? 밥 먹어."

나는 고개를 저었다. 이혼 안 해? 언제까지 이렇게 지낼 거야? 묻고 싶었지만 무시무시한 대답이 돌아올 것 같아 속으로 삭였다.

엄마는 마음을 정하지 못하고 계속해서 채널을 돌렸다. 엄마에게 버럭 소리를 질렀다.

"아, 보고 싶은 프로 없으면 그냥 끄든가!"

리모컨을 쥐지 않은 엄마의 다른 손에는 캔 맥주가 들려 있었다. 확 뺏어서 마셔 버리고 싶었지만 순이 언니를 생각해서 참았다.

쉬는 시간이었다. 화장실에 갔다가 안에서 나오는 혜지와 마주쳤다. 혜지는 내가 볼일을 보고 나올 때까지 안 가고 서 있었다. 계속 뒤통수가 따가웠지만 외면하고 세면대로 갔다. 손을 씻는데 혜지가 다가왔다.

"솔직히 너, 불편해."

"그래서 어쩌라고?"

"우리가 전에 베프였던 거 비밀로 해줄래?"

"그야 어려울 거 없지."

손의 물기를 닦는 둥 마는 둥 하고 그대로 화장실을 나섰다. 이제 이 화장실로 다니지 말아야겠다. 아무리 급해도 위층으로 가야겠다. 나도 너 불편하니까.

그거 알아? 넌 내가 억지로 만든 공식에 불과해. 억지로 지어낸 거라 곧 잊힐 거라고!

점심시간에 급식실 구석 자리를 찾아서 앉았다. 식판을 든 미나가 배식대에 서 있는 반장 앞을 막아섰다.

"강지섭! 나 너한테 궁금한 거 있어."

"뭔데?"

미나가 마치 분무기를 뿌린 것처럼 촉촉한 목소리로 말했다.

"넌 왜 나한테 데이트 신청 안 해? 나랑 데이트하고 싶지 않아?"

반장이 픽 웃었다.

"응. 어떻게 알았어?"

반장이 식판에 밥을 받아 들고 돌아섰다. 미나가 반장의 뒷모습을 보며 씩씩댔다.

"건방진 놈. 반장이면 다야?"

빈자리를 찾는 듯 반장이 급식실 안을 두리번거렸다. 나는 반장 눈에 띄지 않기 위해 고개를 푹 숙였다. 제발 오늘은 혼자 있게 해 줄래?

아니나 다를까, 반장이 식판을 들고 내 앞으로 다가왔다. 네가 내 맘을 알 리가 없지.

"앉아도 돼?"

이젠 자따가 되기로 결심한 걸 고수하는 일도 귀찮고 짜증 난다. 지금껏 살아오면서 내가 어떤 일을 제대로 결심하고 지킨 적이 있었던가?

"넌 꼭 내 허락을 받더라. 자리 비었잖아."

반장이 내 앞자리에 앉으며 말했다.

"너 툴툴거리니까 귀엽다."

"이러다 애들이 네 여친인 줄 알겠어. 우린 사귀지도 않는데."

"사귀면 되지."

"네가 뭐가 아쉬워서 나 같은 애랑…."

너무 자학했다. 취소.

"그냥 너 좋다는 애랑 사귀지 그래? 미나 같은 애."

미나면 미나지, 미나 같다니 나 참 바보 같다.

"미나 같은 애가 어떤 앤데?"

그렇다고 이렇게 바로 질문이 들어오다니 반장답다.

"이쁘고."

실은 남들이 다 이쁘다 그러고.

반장이 내 말을 따라 했다.

"이쁘고?"

내키진 않지만 미나의 장점을 더 말했다.

"머릿결 좋고."

좋아 보이고. 적어도 나처럼 곱슬머리는 아니고.

"머릿결 좋고?"

뭘 더 대라 그래? 내가 미나 홍보대사야?

신경질적으로 말했다.

"클럽 짱이잖아."

"난 관심 없어."

그거야 네 맘이고. 근데 내 자존심이 조금 산다.

"너 요즘 힘들지?"

잔잔한 호수에 조약돌보다 조금 더 큼지막한 돌이 날아왔다. 그래, 나 요즘 힘들어. 힘들고 비참하고 외로워. 근데 아무에게도 말안 할 거야. 너한테도, 상담샘한테도.

"오늘은 상담전도사 역할이니? 걱정 마. 전교회장 나가면 한 표꼭 찍어 줄게."

"그 한 표 때문에 나가야겠는걸?"

식사를 마친 반장이 물을 떠 왔다. 그리고 물컵을 내 앞에 내려놓았다. 물은 셀프인 식당에서 친절한 직원에게 나만 서비스받고있다는 느낌이 들었다.

급식실엔 어느새 우리 둘만 남았다. 아이들이 잽싸게 식사를 마치고 운동장으로 나가 버렸기 때문이다. 다음 주에 있을 체육 수행평가 때문에 줄넘기를 하러 나간 거다. 애들은 영어 단어나 수학 공식 외우는 것보다 음악 줄넘기에 더 목숨을 건다. 한 번도 힘든데 열다섯 번 연속 이단뛰기를 하라니 너무하잖아!

반장이 진지하게 물었다.

"경아, 넌 꿈이 뭐야?"

"꿈?"

"응."

초딩 3학년 이후로 처음 받아 보는 질문이었다. 하지만 늘 가슴에 간직하고 있었기에 당황할 필요는 없었다. 나는 우선 침착하게 물을 한 모금 마셨다. 그러고는 즉시 두 눈을 가운데로 모으며 사팔 자세에 돌입했다.

"개그맨."

속으로는 피눈물이 나왔지만 힘든 시기일수록 자신을 감추고 남을 웃겨야 한다는 일념으로 사팔 자세를 유지했다.

"아무한테도 말한 적 없어. 너한테 처음 말하는 거야."

그러니까 맨 처음 고백이라고. 반장의 표정이 잠시 굳나 했는데 이내 미소가 드리워졌다.

"그래. 힘든 시기엔 유머가 최고지. 〈인생은 아름다워〉란 영화만 봐도 그래. 아빠가 유대인 수용소에서 독일군에게 끌려가면서도 마지막 순간까지 아들에게 활짝 웃어 보이잖아? 아들이 눈치못 채게. 아빠에겐 가장 힘든 순간이었을 텐데, 그 순간을 웃음으로 승화시켰지."

"어? 너 그 영화 알아? 오래전 영화데."

나만 아는 줄 알았지. 그런데 왠지 외워서 말하는 것 같다.

"나, 교외 영화동아리 회원이야. 주로 옛날 영화를 보고 토론해. 논술에 꽤 도움이 되거든."

"그랬구나. 어쩐지."

혜지가 좋아하겠네. 물론 전해 주지는 않겠지만.

반장이 손을 내밀어 내게 악수를 청했다.

"네 꿈 꼭 이루기 바라. 나도 응원할게."

흔한 대사지만 반장의 입을 통해 들으니 새로운 데다 힘도 났다. 나는 반장과 악수를 하면서 당부했다.

"비밀 지켜 줄래? 응원하는 건 좋은데 혼자서 속으로만 하라고. 내 꿈에 대해 아무한테도 말하지 말아 줘."

나는 반장과 대화를 마칠 때까지 계속 사팔 자세를 유지했다. 힘이 들긴 했지만 장래 개그맨으로서 신뢰감을 주려면 이 정도 희생은 감수해야 한다는 생각이 들었다.

"걱정 마. 나만 알고 있을게."

반장에 대한 신뢰감이 들었다. 그러자 갑자기 너무 단순하게 웃긴 게 아닌가 하는 후회가 밀려왔다. 프로로서 연구가 부족했다는 후회.

반장이 테이블을 정리하면서 물었다.

"참, 다음 주 농구동아리에서 시합하는데 와서 응원해 줄래?"

"너 농구부도 해?"

"응. 네가 와 주면 힘이 날 거 같아."

공부에만 관심 있는 범생인 줄 알았는데 영화에 농구에 못하는 게 없구나. 대단하다.

반장이 자리에서 일어나 손을 흔들며 사라졌다. 가슴에 파문이 일었다. 지금 이 느낌을 표현하라면 이렇게 말하겠다. 누가 잔잔한 호수에 돌을 던져 물수제비를 떴는데 돌이 퐁퐁퐁, 파문을 일으키며 앞으로 나아가는 느낌? 그런데 강지섭, 나도 너한테 궁금한 게 있어. 너한텐… 인생이 아름다워?

방과 후 교육복지실로 갔다. 상담샘은 자리에 있었다. 마치 온종일 날 기다리고 있었던 것처럼 무척이나 반갑게 굴었다.

"어제 왜 안 왔냐고 안 물어보세요?"

"그래 봤자 지난 일이잖니. 난 과거에 매달리는 타입이 아니거든."

그래서 나도 묻지 않았다. 그저께 왜 교육복지실 문이 닫혀 있었는지.

"나 엊그제 술병 났었다? 그래서 못 왔어."

상담샘이 내 반응을 기다리는 표정으로 얼굴을 빤히 쳐다보았다.

"전 어제 피어싱하러 가느라 못 왔어요."

실토하고 나니 어쩐지 유도 심문에 걸려든 느낌이 들었다.

"와우, 멋지구나. 한번 보여 줄 수 있니?"

"아니요. 보여 줄 수 없는 곳이라."

"언제 같이 갈까? 나도 한번 해보고 싶었거든."

"정말이세요?"

"선생이 학생한테 거짓말하면 쓰나."

아, 이거 어쩐지 문제선생과 문제아의 막가는 대화 같다.

"두 번은 하기 싫은데. 생각보다 아파요."

"그래? 잘 생각했다. 염증 나면 그게 또 골치거든."

이게 상담샘의 진심 같았다. 또 걸려든 느낌.

　학교를 나서자마자 무작정 걸었다. 가슴에 파문이 일어났는데 그 정체가 뭔지는 아직 잘 모르겠고 그냥 진정시킬 무언가가 필요했다. 거리의 쇼윈도에 비친 내 모습을 보니 대책 없는 곱슬머리 소녀가 날 바라보고 있었다. 악, 이게 뭐야, 이 머리로 사팔뜨기 자세를 취했단 말이야? 완전 웃겨. 당장 머리부터 자르자. 그럼 좀 진정될지도 몰라.

　커트클럽에 도착하자 문 앞에 '금일 임시 휴업'이란 팻말이 걸려 있었다. 뭐야, 나한테는 말도 안 하고.

　하는 수 없이 발길을 돌렸다. 상가를 걷다 진상 아저씨의 치킨집을 지나는데 본능적으로 고개가 그쪽으로 돌아갔다. 안에서 어떤 아줌마가 진상 아저씨와 맥주잔을 부딪치고 있었다. 앗, 엄마다! 등을 돌리고 있지만 뒷모습만 봐도 우리 엄마였다. 닭다리를 뜯어가며 맥주를 마시는 엄마는 즐거워 보였다. 뒷모습만으로도.

엄마, 외로움을 이렇게 아무나 만나는 걸로 해소하려는 거야? 이혼서류는 서랍에 팽개쳐 놓고 총각인지 홀아비인지 모르는 사내와 술잔을 부딪치면서? 한편으로는 채널을 한곳에 고정하지 못하고 리모컨을 이리저리 돌리는 엄마의 마음을 읽은 것 같아 쓸쓸했다. 이대로 아무도 없는 집에 들어가기가 싫어졌다. 파문이 일어난 가슴이 아직 진정이 안 된 데다 머리도 못 잘랐고 내 용돈으로 딴 데 가서 자르기는 아깝고. 차라리 만화카페에 가서 시간이나 때우다 들어가야겠다. 이렇게 결정하고 발걸음을 돌리는데 안에서 진상 아저씨가 나왔다.

"어? 경아! 어디 가니?"

진상 아저씨는 벌게진 얼굴로 내게 물었다. 현장에서 범행을 저지르다 들킨 범인의 표정이었다.

"아저씨는요?"

"…."

금세 대답을 못 하는 걸 보니 물 빼러 가는 길이시겠지. 진상 아저씨의 손에 담배가 들려 있었다. 우리 아빠는 담배 안 피우는데. 난 담배 냄새나는 사람 싫어! 물 빼면서 담배 피우고 보나 마나 손도 안 씻겠지. 그 손으로 엄마한테 닭다리 뜯어 주려고?

"제가 지금 누굴 잃어버려서 찾고 있거든요."

"누굴?"

나는 진상 아저씨를 똑바로 바라보며 당당하게 답했다.

"우리 엄마요. 혹시 보셨어요?"

진상 아저씨의 얼굴이 좀 전보다 더 벌게졌다.

*

좋은 소식, 나쁜 소식

운동장에서 아이들의 함성 소리가 울렸다. 농구부 아이들이 운동장에서 농구연습을 하고 있었다. 쉬는 시간에 농구하러 나온 건 아니고 중고등부 연합 농구동아리 친선경기가 있는 날이었다.

반장의 초대로 응원석에 앉았다. BP클럽 멤버들도 내 옆의 응원석에 앉아 있었다. 클럽 멤버들은 응원복을 갖춰 입고―미니스커트라고!―제대로 된 응원 도구를 들고 있었다. 호루라기에 수술, 야광봉에 확성기까지. 교복을 입고 있는 내가 괜히 민망해지려고 했다.

반장이 고등부 선배와 어깨를 나란히 하고 내 자리로 걸어왔다. 땀에 젖은 반장의 머리칼이 바람에 잠시 흩날렸다. 조금 멋졌다.

내 꿈을 고백한 후, 그러니까 비밀을 털어놓은 이후 반장과 조금 더 가까워진 느낌이다. 그래서 점수를 더 주는 거라고나 할까.

"경아, 인사해. 우리 농구부 동아리 강하 형이야. 내가 좋아하는 형."

친한 선배한테 스스럼없이 소개하는 건 날 확실한 여친으로 여
긴단 뜻?

강하 선배가 내게 손을 내밀었다. 나는 악수를 하는 대신 선배의
단단한 팔뚝을 바라봤다.

"와, 멋있다. 한번 만져 봐도 돼요?"

선배가 내 코앞으로 팔뚝을 내밀며 힘을 주었다. 버터 발랐나 보
네. 표정 참, 느끼하다.

나는 팔뚝을 만지는 대신 꾸벅 고개를 숙이며 정중하게 인사했다.

"고맙습니다. 덕분에 흥분됐어요."

"하하하하. 너 정말 골 때린다."

선배가 큰 소리로 웃었다. 팔뚝의 근육 말고 자신의 트레이드마
크가 또 있다는 듯 커다란 웃음소리를 과시하며. 웃음소리는 크기
만 할 뿐 호소력이 없었다. 이어 선배는 BP클럽 멤버들에게 다가
가 반갑게 아는 척을 했다. 미나가 호들갑스럽게 선배를 맞았다.

반장이 선배와 함께 운동장으로 돌아가자 미나가 내 옆으로 다
가와 앉으며 속삭였다.

"강하 오빠 어때? 근육 죽이지? 완전 몸짱 아니니?"

미나가 덧붙였다.

"BP클럽 특별 회원이야. 보디가드."

이래도 우리 클럽에 안 들어올래? 하는 표정으로 미나가 나를
바라보았다. 꼭 내 생각을 알아야겠다면 솔직히 말해 주어야겠다.

"몸짱은 중배엽형한테 해당되는 말이야. 오빠 내배엽형이거든."

미나 옆에 앉아 귀를 쫑긋 세우고 있던 수진이가 물었다.

"그게 뭔데?"

"척 보기엔 근육형 같지만 신진대사가 느려 지방 손실이 어려운 체형이야. 골격만 크고. 물만 마셔도 살찌는 타입이거든."

수진이가 혀를 내둘렀다.

"대단하다. 경이 넌 별걸 다 안다?"

나는 어깨를 으쓱했다. 혜지도 들었기를.

"뭘 이 정도 갖고…."

미나가 입을 삐죽했다.

"그래서 그게 어쨌단 건데?"

"보디가드로는 부족하단 뜻이야."

미나의 표정이 일그러졌다. 다른 멤버들은 곧바로 시작된 경기에 정신이 팔려 미나의 표정을 보지 못했다. 공이 수차례 오고 가면서 골대를 빗맞고 튕겨 나갔다. 공이 골대를 벗어날 때마다 응원석에서 함성과 원성이 오갔다.

강하 선배가 반장에게 공을 패스했다. 응원이 다시 열기를 띠기 시작했다. 반장이 골대를 향해 힘껏 공을 넣었다. 덩크슛이다! 아이들의 함성이 더욱 커졌다. 순간 반장이 나를 향해 키스 세리머니를 날렸다. 아이들이 우우, 하며 부러운 눈으로 일제히 나를 쳐다봤다. 이중 날 째려보는 시선은 미나뿐이었다.

경기 종료.

이건 꿈이야.

라고 말하고 싶지만 이 상황은 엄연한 현실이었다. 가장 친하다는 선배까지 소개받았으니 난 오늘부로 반장의 공개적인 여친이 된 거다. 자존감이 완전 바닥을 기는 요즘 같은 시기에 이런 일이 생기다니. 아, 이래도 되는 걸까.

친선경기가 끝나자마자 자리에서 일어섰다. 미나가 따라오기 전에 운동장을 빠져나가야 한다. 혜지와의 약속을 지켜야 하니까.

순간 교문에서 운동장으로 들어서는 한 낯익은 물체가 보였다. 어디서 많이 본 느낌인데…. 앗, 아빠잖아? 이 시간에 왜 아빠가 학교에 온 걸까? 예고도 없이.

나는 슬금슬금 뒷걸음쳐서 벤치 옆 등나무 뒤로 가 숨었다. 어쨌든 지금은 마주치고 싶지 않았다. 아빠가 운동장을 가로질러 가는 미나 일행에게 다가갔다.

"얘들아, 너희 몇 학년이니?"

수진이가 친절하게 대답했다.

"3학년인데요."

"수업 끝났나 보구나? 3학년 1반 교실이 어디니?"

수진이가 다시 친절하게 물었다.

"어? 우리 반인데, 누구 찾아오셨어요?"

미나가 수진을 제지하며 나섰다.

"처음 보는데 왜 반말이세요?"

아빠는 당황스러운 표정을 지었다. 어쩔 수 없이 내가 나설 차례였다. 나는 마침 이 순간에 등나무 앞을 지나가다가 아빠를 발견한 것처럼 자연스럽게 다가갔다.

"아빠, 여긴 어쩐 일이야?"

미나가 놀라는 표정을 지었다. 혜지는 더욱 놀란 것 같았다. 예전 같았으면 아빠에게 말로만 듣던 내 단짝이라고 혜지를 소개할 수 있는 좋은 기회가 되었을 텐데….

"어, 너희 아빠야?"

나는 미나에게 그렇다고 대답하지도, 아빠에게 미나를 소개하지도 않았다. 미나는 아빠와 나를 번갈아 보곤 멤버들과 그냥 가 버렸다. 내키지 않는 시선으로부터 부녀가 통째로 스캔당한 기분이 들었다.

혜지는 조금 당황한 표정을 짓고는 인사도 없이 그냥 가 버렸다. 정말 야속하게. 내가 그동안 너한테 그렇게 잘못한 거야? 우리 아빠도 그냥 지나칠 정도로? 그러자 마치 시위라도 하듯 내가 혜지에게 저지른 잘못들이 머릿속에서 줄줄이 떠오르기 시작했다.

① 혜지가 예매해 놓은 영화관에 늦게 간 일.
② 혜지가 주문해 놓은 피자집에 늦게 간 일.

③ 혜지 생일에 늦게 간 일.

④ 혜지가 아침 일찍 자리 잡아 놓은 도서관에 안 간 일.

①-1. 그래서 영화 앞부분 오 분 분량을 놓친 일.

②-1. 덕분에 식은 피자를 억지로 먹은 일.

③-1. 덩달아 혜지 기분을 잡쳐 놓은 일.

④-1. 예상대로 혜지 시험공부를 망쳐 놓은 일.

①-2. 난 이미 두 번이나 봤는데도 널 위해 또 보러 간 거야.

②-2. 아침식사로 피자 먹었다고 했잖아. 거짓말 같아?

③-2. 네 선물 고르다 버스 놓쳤어. 거짓말 같니?

④-2. 그날이었어. 그날따라 공부하기 싫었어. 너도 잘 알잖아? 그날의 고통이 어떤 건지?

추가로 떠오른 한 장면.

수학 시험을 망친 날, 혜지한테 투덜댔는데 그날따라 혜지가 까칠하게 나왔다.

"그만 좀 징징대. 시험 못 본 게 내 잘못이니?"

"누가 네 잘못이래? 아는 걸 틀렸다고! 수포자가 아는 문제도 틀리면 어쩌자는 거냐고!"

"너 거울 좀 볼래? 네 모습 좀 봐. 맨날 짜증이나 내고 걸핏하면 귀찮다 그리고. 누가 좋아하겠니? 누가 너한테 붙어 있겠냐고!"

"너 있잖아."

"솔직히 나니까 붙어 있지. 넌 너무 나한테 긴장을 안 해. 항상 네 멋대로야!"

"내가 왜 너한테까지 긴장해야 해? 긴장하면 그게 친구니? 경쟁 상대지."

지나고 나니 알겠다. 그때가 우리의 권태기였다는 걸.

학교를 나서자 아빠가 밥을 사 준다며 분식점에 가자고 했다. 응원을 해서인지 배에선 꼬르륵 소리가 났지만 아빠랑 밥을 먹을 기분이 아니었다. 2인분 같은 1인분을 시킬까 봐 걱정이 되기도 했고 거기다 빈 접시까지 추가하면 주인에게 쪽팔릴 것 같기도 했다.

그냥 빵집에 들어갔다. 배가 고파서 하는 수 없이 아빠 앞에서 크로켓을 정신없이 먹어 댔다.

"경아, 나 취직했다."

엄마가 들으면 깜짝 놀랄 사건이었다. 나도 놀라 크로켓이 목에 걸렸다. 아빠가 우유를 따라 주었다.

"휴먼시아 3단지 정류장 알지? 그 앞 편의점에 취직했어."

"잘됐네. 축하해."

나는 비꼬듯 말했다.

"이번 일요일에 쉬는데, 할아버지한테 가 보지 않을래?"

"이혼 핑계로 요양원에 버려 놓고 찾아간다고?"

아빠의 표정이 어두워졌다. 가뜩이나 뿌연 하늘에 먹구름 낀 표정이랄까. 너무 잔인했나?

하지만 나는 내친김에 아빠의 가슴에 못을 더 박기로 했다.

"나 일요일에 학원 보충 있어. 나중에 봉사활동 점수 필요해지면 갈게."

"봉사? 너 할아버지 만나는 게 무슨….."

아빠는 얼굴을 붉힌 채 말을 멈췄다. 오랜만에 딸을 혼내기 위해 만나러 온 게 목적이 아님을 깨달은 것이다. 목청이 커지는 바람에 사람들의 이목이 집중된 탓도 있고.

"아빠 만나려면 밤에 와야 한다. 야간근무라."

편의점은 야간에 위험하지 않을까? 그동안 밤잠을 못 자서 그런지 얼굴도 핼쑥해진 것 같다. 아빠의 눈치를 살피며 물었다.

"좋은 소식과 나쁜 소식이 있는데 뭐부터 전해 줘?"

"좋은 소식."

아빠가 대뜸 답했다. 낙천적인 아빠의 평소 성격이 드러나는 대목이었다. 나라면 나쁜 소식부터 들을 텐데. 요양원에 가시기 전 할아버지는 말씀하셨다. 매는 먼저 맞는 사람이 낫다고. 근데 매는 먼저 맞는 사람이 제일 아프지 않나? 처음에는 힘이 남아돌아 제일 세게 때릴 텐데.

"엄마가 이혼서류 제출하는 걸 망설이고 있다는 거. 화장대 서랍에 그대로 있어. 그러니까 아빠한테 아직은 만회할 기회가 있다는 거지."

아빠의 표정이 조금 밝아졌다. 먹구름이 서서히 걷히는 저 표정 좀 보라지. 곧 다시 먹구름이 드리우게 해줄게. 소나기에 천둥 번개까지 각오하는 게 좋을걸.

"나쁜 소식은?"

"엄마에게 남친이 생겼다는 거야."

"뭐? 그놈이 누군데?"

아빠가 흥분한 나머지 테이블 위로 침까지 튀겼다. 어쩌면 내 예상을 한 발짝도 벗어나지 못할까.

"치킨집 진상 아저씨 알지?"

"숯검댕이 눈썹?"

나는 고개를 끄덕였다.

"요즘 엄마랑 가깝게 지내. 얼마 전엔 치킨집에서 둘이 건배도 하던데? 되게 친해 보였어."

아빠의 얼굴이 붉으락푸르락했다. 거봐. 천둥 치잖아. 좀 있으면 번개 맞겠어.

"어쩜 작년 크리스마스가 엄마랑 만회해 볼 마지막 기회였는지도 모르는데, 내가 그 기회를 발로 차 버린 것 같구나."

아빠가 침울한 표정을 짓고는 주머니에서 봉투를 꺼내더니 내게 내밀었다. 엄마에게 생활비를 주려는 거면 직접 만나서 줘야 하는 거 아닐까? 이렇게 매사에 소극적이니까 기회가 달아나지.

"뭐야?"

"용돈. 쓰고 싶은 데 써. 엄마한텐 말하지 말고."

마음이 좀 누그러졌다.

"아빠, 주말에 집에 와서 못 좀 박을래? 벽에 그림 좀 걸어 줘."

아빠의 표정도 조금 누그러졌다.

*

클럽의 규칙, 따의 벌칙

 버스 정류장에 혜지가 혼자 서 있었다. 혜지와 눈이 마주쳤다. 일부러 따라온 거 아니다? 나도 집에 가는 길이라고.

 "멤버들, 어디다 떼어 놓고 혼자 가?"

 혜지는 내 시선을 외면하며 답했다.

 "항상 붙어 다니란 법은 없잖아."

 "너 요즘 계속 혼자 다니는 거 같더라. 무슨 일 있니?"

 "알 거 없어."

 "너 이러려고 클럽에 들어간 거야?"

 "내가 뭘?"

 "클럽 안에서 따 되려고 들어간 건 아니잖아?"

 혜지의 눈빛이 흔들렸다.

 "차라리 이게 전따보다 나아. 외로운 것보다 낫다고."

 혜지가 속마음을 내비쳤다. 외로운 게 그렇게 겁나면 누가 나랑 절교하래?

갑자기 처음부터 미나의 계획이 아니었을까 하는 의심이 밀려왔다. 누가 봐도 왕따스러운 혜지를 클럽 멤버로 끌어들인 것이.

"미나한테 말해 버렸어. 너랑 베프였던 거. 네가 BP클럽에 들어오는 걸 반대하는 이유를 밝혀야 했거든."

언제는 비밀로 해 달라더니 네 입으로 말해 버렸구나? 그래서 클럽에서 따가 된 거니? 나 때문에?

집에 가는 대신 진상 아저씨네 치킨집을 향했다. 최대한 불량소녀로 비쳐지는 게 오늘의 목표였다. 나는 배낭을 한쪽 어깨에 걸친 채 운동화를 구겨 신었다. 그리고 왼발로 오른발을, 오른발로 왼발을 밟아 양쪽 운동화를 더럽게 만들었다. 치마허리도 한 단을 더 접어 올렸다. 그러고는 호흡을 가다듬고 용감하게 치킨집 문을 열었다. 아빠한테 받은 용돈도 있겠다, 치맥이나 시켜야겠다.

테이블을 세팅하던 진상 아저씨가 반갑게 나를 맞았다. 반가운 게 아니라 반가운 척하는 거겠지.

"어? 경이구나? 어서 와."

진상 아저씨에게 다짜고짜 물었다.

"정자 씨한테 관심 있어요?"

"엄마랑 친한가 보구나? 이름을 막 부르는 거 보니."

"이렇게라도 부르지 않으면 평소에 친해질 기회가 없거든요."

진상 아저씨가 픽 웃었다.

"앉을래? 치킨 한 마리 튀겨 줄까?"

"반반 치킨으로 주세요. 양념 반 프라이드 반."

"그래. 금방 해 줄게. 앉아 있어."

나는 진상 아저씨가 닭을 튀기는 동안 실내를 훑어보았다. 깔끔하게 정돈된 넓은 가게를 보니 마음이 좀 흔들렸다. 월수입이 얼마인지 묻고 싶었지만 참았다. 오늘 방문의 목적과는 상관없는 질문이니까.

잠시 후 콜라와 함께 반반 치킨이 내 테이블에 놓였다. 치맥은 글렀군.

"경아, 요즘 힘들지?"

어우, 짜증 난다. 왜 다들 나만 보면 이런 말을 하지? 내 이마에 힘들다고 쓰여 있나?

"정자 씨는 바람둥이예요. 이름만 봐도 딱 감이 오지 않으세요? 이혼서류가 서랍에 계속 있는 걸 보니 아직 이혼할 마음도 없는 거 같아요. 어제도 아빠가 찾아왔었거든요."

진상 아저씨의 숯검댕이 눈썹이 잠시 꿈틀댔다. 어라, 질투하는 중?

"아무리 그래도 이름을 대놓고 부르는 건 좀 심하지 않니? 엄마가 네 친구도 아니고."

가만, 지금 나한테 잔소리하는 거? 엄마는 이런 남자가 뭐가 좋다는 거야. 아빠 짝퉁도 아니고.

"무슨 상관이세요? 아저씨가 아빠도 아닌데."

"너 어른한테 말버릇이 그게 뭐니?"

진상 아저씨가 드디어 화를 냈다.

"아빠도 아니면서 왜 화를 내세요?"

진상 아저씨의 얼굴이 숯검댕이 눈썹과 함께 완전히 일그러졌다. 1라운드는 나의 승리.

"이거 포장해 주세요."

나는 남은 치킨을 싸 달라고 한 뒤 돈을 테이블에 올려놓고 나왔다. 물론 콜라 값은 내지 않았다.

쉬는 시간에 화장실에 다녀온 혜지가 자리에 가서 앉았다. 혜지의 표정이 우유처럼 새하얗게 질려 있었다. 짝꿍이 내게 귓속말을 했다.

"좀 전에 미나가 화장실에서 혜지를 가두었어. 그러고는 혜지 실내화에 우유를 붓더니 마시라는 거야."

"정말? 그래서 마셨어?"

"난 화장실 안에 있어서 보진 못하고 듣기만 했어. 일부러 안에서 물 내리는 소리를 내고 나오니까 벌써 가고 없더라."

혜지의 실내화를 내려다보았다. 실내화는 우유로 온통 젖어 있었다. 그러게, 왜 나더러 다른 화장실로 가라고 해? 내가 있었으면 어떻게든 막았을 텐데.

"저런 애가 나중에 교수 되면 조교한테 구린내 나는 구두에 막걸리 붓고 마시라고 하겠지?"

"저런 앤 나중에 교수 될 일 없으니까 걱정 마."

순간 미나가 앞으로 나가더니 애들 앞에서 귀걸이를 흔들었다.

"얘들아, 내 귀걸이가 혜지 필통에서 나왔는데, 이게 왜 여기 들어 있을까?"

짝꿍이 의심스러운 눈초리로 물었다.

"그거 진짜 금이야?"

"그럼, 네 눈엔 가짜로 보여?"

혜지의 얼굴이 빨개졌다.

"나, 나 아냐."

"거짓말. 넌 거짓말할 때 말 더듬잖아."

아이들이 혜지를 의심에 찬 눈초리로 쳐다봤다. 혜지는 거짓말할 때 말을 더듬지 않는다. 억울할 때 더듬는다. 미나가 회심의 미소를 지었다.

"내 귀걸이가 탐이 났나 봐? 담임한테 일러야 할까?"

"네, 네가 넣어 놓은 거 아냐?"

"그러니까 왜 말을 더듬느냐고."

혜지는 고개를 저으며 교실 밖으로 뛰쳐나갔다. 돌아올 땐 BP클럽 멤버들이 복도에 내놓은 책상과 의자를 들고 들어와야 했다. 쉬는 시간 십 분이 이렇게 길게 느껴질 수도 있다는 걸 처음으로 깨달았다.

집에 와서 혜지에게 카톡을 보내려고 몇 번을 쓰고 지웠는지 모른다.

> 혜지야, 차라리 엄마에게 말해버려.
> 그럼 너희 엄마가 담임을 찾아가지 않을까?

이건 아닌 것 같아서 지웠다. 혜지의 부모님이 별거 중인 상태에서 이런 상황을 혜지 엄마에게만 알리는 건 조금 위험해 보였다. 입장 바꿔 놓고 나라면 지금 내 고민을 엄마에게 털어놓을 수 있을까? 결코 아니다.

> 혜지야, 그냥 담임한테 일러 버려.
> 아니면 나랑 같이 가서 말할래?

이것도 지웠다. 담임이 내 말을 들어줄 것 같지는 않았다. 학기 초에 내 얘기도 제대로 안 듣고 교육복지실로 보내 버렸는데.

> 학폭위에 고발해 버려.

…이것도 아닌 것 같다. 진상 확인을 위해 혜지 부모님이 학교로 불려 올 테니까. 가뜩이나 냉전 중인 혜지의 부모님이 과연 나

란히 손잡고 오실까?

왜 부모님들은 자식 앞에서 사이좋게 지내지 못하는 걸까? 자기네끼리 사이가 안 좋으면 적어도 자식 앞에선 사이좋은 척이라도 할 순 없나? 자식을 위해 피에로가 되라는 것도 아닌데 왜 그깟 연기 하나 못 해 주지?

이래저래 뒤척이다 잠이 들었다. 불을 켜 놓고.

이튿날, 점심시간에 혜지가 급식실을 나서려는 참이었다. 혜지는 요즘 계속 점심을 혼자 먹고 있었다. 미나가 지나가다 일부러 혜지에게 식판의 육개장을 쏟았다. 혜지의 교복 치마가 육개장 국물로 얼룩이 졌다. 미나가 얄미운 표정으로 말했다.

"어머, 미안."

혜지가 미나를 노려봤다.

"솔직히 말해 줄래? 내가 뭘 잘못했는지?"

"미안하다고 사과했잖아. 사과하면 받아 주는 게 예의 아니야? 넌 실수 안 하고 살아?"

혜지가 이를 악물었다. 눈물이 나는 걸 참고 있었다. 나는 혜지의 치마에 묻은 육개장 얼룩이 걱정됐다. 저거 빨리 지우지 않으면 나중에 더 힘들 텐데. 보다 못해 자리에서 일어나 미나에게 다가갔다.

"그만 좀 하지."

미나가 눈을 동그랗게 뜨고 물었다.

"뭘?"

"몰라서 물어?"

"그러니까 뭘 그만해?"

"혜지 괴롭히는 거."

혜지가 미나와 나 사이에 끼어들었다.

"경아, 넌 가만있어. 내 문제야."

"미나가 나 때문에 널 괴롭히잖아. 내 문제도 돼!"

미나가 순간 움찔하더니 이내 웃음을 터뜨렸다.

"호호호. 감동적이다. 눈물 날 뻔했어."

나는 미나에게 대들었다.

"왜 혜지를 괴롭히는 건데? 내가 너희 클럽에 가입하지 않아서? 혜지가 내 베프였기 때문에? 우릴 질투하는 거야?"

"질투한다고? 내가 너희를? 오늘 들은 말 중에 제일 웃기다. 호호호호."

미나가 배를 잡으며 웃어 댔다. 나는 소릴 질렀다.

"아니면 뭐 때문인데?! 그럼 나랑 반장 질투해?"

"이게 어디다 대고 소릴 질러? 질투라니! 말 같은 소릴 해!"

혜지가 나섰다.

"미나야, 내가 클럽에서 나갈게."

잘 생각했어, 혜지야. 진작 그랬어야 했어. 아니, 처음부터 들어

가질 말았어야 했어.

혜지가 덧붙였다.

"나 때문에 문제 생기는 거 원치 않아. 내가 나가길 원하면 그렇다고 말해 줘. 클럽에서 탈퇴할게. 그러면 되지?"

미나가 표독스레 말했다.

"나가긴 어딜 나가! 누구 맘대로?"

"솔직히 내가 클럽에 도움되는 인물은 아니잖아."

솔직히 너희가 그동안 클럽에서 한 일도 없잖아. 함께 몰려다니며 귀 뚫은 일 말고.

"여섯 번째 규칙, 클럽 탈퇴 시에는 짱의 허락이 있어야만 가능하다."

미나가 클럽의 규칙을 들고 나왔다.

"기억 안 나? 가입할 때 규칙에 선서한 거."

"그래서 안 된다고?"

"당연하지. 선서했으니까."

다시 내가 끼어들 수밖에 없었다.

"너희 클럽이 무슨 조폭 클럽이니? 나갈 때도 맘대로 못 나가게?"

미나가 클럽의 규칙을 줄줄이 내세웠다.

"일곱 번째 규칙, 멤버 간에는 절대로 비밀이 없다. 여덟 번째 규칙, 새로운 멤버 초대는 클럽 짱만 할 수 있다. 아홉 번째 규칙, 위 규칙을 어길 땐 벌칙이 따른다…. 넌 이 규칙을 전부 어겼어. 수진이도 네가 데려오고, 경이를 멤버로 초대하자니까 반대하고. 그런데 이제 와서 네 맘대로 나가겠다고? 넌 우리 클럽이 그렇게 우습니? 내가 그렇게 만만해 보여?"

혜지가 수진이를 클럽에 끌어들였다는 건 지금 막 알게 된 사실이다. 혜지가 수진이랑 꽤 가까운 사이란 사실도.

혜지가 울상을 지었다.

"그럼 나더러 어쩌라고…."

미나가 클럽 짱답게 신속한 결론을 내렸다.

"탈퇴하려면 한 달간 잔반 처리해. 매주 수요일이 잔반 없는 날이잖아? 반 애들이 남긴 밥 네가 다 먹어."

"뭐? 말도 안 돼!"

"넌 규칙을 어겼잖아! 안 그러면 학교생활이 괴로워질걸? 나 아니어도 내 주변에 너 괴롭혀 줄 사람 많아."

미나가 선심 쓰듯 덧붙였다.

"앞으로 딱 한 달 괴로운 게 낫니? 졸업할 때까지 계속 괴로운 게 낫니? 선택은 네 자유야."

혜지의 얼굴이 다시금 새하얀 우윳빛이 되었다. 어느 쪽을 택하든 혜지가 괴로워질 거란 생각에 마음이 아파 왔다.

*

당신들, 다 짜증 나

커트클럽이 쉬는 날이다. 집에 일찍 들어가면 의심받을 것 같아 만화카페로 갔다. 피어싱으로 날린 학원비 때문에 이번 달에는 학원도 못 다니고 있다. 그래도 성적은 별 차이가 없다. 이 기회에 전부 그만둬 버릴까? 학원비 절약해서 효도도 할 겸.

중2 무더운 여름날, 학원 수업을 빼먹고 혜지와 이곳에서 순정만화를 읽었다. 간간이 보드게임도 하고. 그때 처음 아메리카노를 마셨다. 머리가 맑아지는 것이 신세계가 열리는 기분이었다고 나 할까. 그런데 집에 가자마자 속이 뒤집어지는 줄 알았다. 밤새 잠도 안 오고. 다음 날 학교에서 하루 종일 졸고. 혜지도 마찬가지였다고 한다. 잠이 오지 않아 어둠 속에서 물구나무서기까지 했다고. 거봐, 우린 통하잖아. 아니… 통했잖아.

만화카페 구석의 한 공간을 차지하고 앉았다. 오늘은 잠이나 자다 가야겠다. 쿠션에 기대 늘어지게 자다 꿈도 꾸고. 꿈에 이차함수 그래프만 나오지 않으면 좋겠다. 안 그래도 어려운 시기라 이차함수 그래프에 짓눌려 질식할지도 모른다.

"오빠 내배엽형이잖아. 물만 마셔도 살찌는 타입."

바로 옆 공간에서 귀에 익숙한 목소리가 들려왔다.

"너 참 별걸 다 아는구나? 대단해."

또 다른 익숙한 목소리도. 목소리의 주인공들은 다름 아닌 미나와 강하 선배였다. 그럼 내가 다른 누굴 기대했겠는가.

"처음 보는 애들한텐 근육형이라 속일 수 있어도 난 못 속일걸?"

내가 했던 말을 미나가 강하 선배에게 자신의 말처럼 잘난 척하며 내뱉고 있었다.

"하하하. 난 속인 적 없어. 애들이 그냥 속는 거지."

본능적으로 숨을 죽이고 몸을 움츠렸다. 내가 앉은 곳이 맨 구석 공간이라 이리로 지나가진 않겠지만 눈에 띄지 않으려면 저들이 먼저 나갈 때까지 기다려야 한다.

"오빠, 강지섭 말이야. 정말 경이랑 사귀는 거야?"

바로 옆에서 내 이야기가 흘러나왔다. 나는 어쩌다 보니 계속 엿듣는 상황이 되어 버렸다.

"설정이지. 탁 보면 모르냐? 둘이 안 어울리잖아."

"전에 강지섭한테 경이 소개도 받았잖아."

"걔 그냥 다른 여자애들 접근 못 하게 하는 일종의 안전장치야. 지섭이는 특목고 갈 때까지 여친 안 만들고 공부에만 집중하고 싶단다."

뭐라고? 안전장치라니, 내가 무슨 그물망인가….

"정말? 강지섭이 경이를 좋아하는 거 아니었어?"

진심이라고는 한 톨도 섞이지 않은 저 가식적인 목소리.

"왜, 지섭이한테 관심 있어?"

"미쳤어? 날 뭘로 보고."

미나가 강하게 부정하자 속이 더 빤히 보였다.

"경인 죽었다 깨도 남친 안 생길 거 같아서 찍은 거래. 불쌍해서. 알고 봤더니 그 애 꿈이 개그맨이라더라. 사팔눈을 하고 진지하게 쳐다봐서 웃음 참느라 죽는 줄 알았대."

여경, 정신 차려! 숨을 죽여야 하는 타이밍에 호흡이 거칠어지고 있어.

"개그맨? 호호호."

미나의 웃음보가 터졌다. 나는 온몸이 부르르 떨려 왔다.

"가뜩이나 못생긴 애가 그래서 꼴불견이었겠다. 안 봐도 유튜브네. 호호호호."

"지섭이가 농구부에 들어온 것도 다 설정이야. 공부 잘하는 애는 운동 못한다는 편견을 깨고 싶었다나. 아니면 운동 잘하는 애는 공부 못한다는 편견인가?"

"갠 왕자잖아. 뭐든 다 잘해야 직성이 풀리는 범생이 왕자."

"날 제일 친한 선배라 소개한 것도 설정일걸? 공부 못하는 애들하고도 편견 없이 두루두루 잘 지낸다는 설정. 이 오빠 성적이 하위권이잖냐."

"오빠 가만 보면 주제 파악 참 잘한다니까."

미나가 입을 얼마나 벌리고 웃고 있는지 안 봐도 보이는 것 같았다.

"넌 회원 뽑을 때 전부 어리숙한 애들만 고르더라. 그래서 경이도 찍은 거지?"

"하지만 걘 안 넘어왔어."

"경이가 클럽에 안 들어오는 게 그렇게 분해?"

"응. 재수 없어. 이젠 들어온다고 싹싹 빌어도 안 받아 줄 거야."

요양원에 가시기 전 할아버지는 말씀하셨다. 늦었다고 생각한 때가 아직 늦지 않은 때라고. 나는 핸드폰의 녹음 기능 버튼을 조용히 눌렀다.

"앞으로는 너희 클럽 회원 물 관리 좀 해. 어째 애들이 하나같이 어리바리하냐."

"그게 관리하는 거라고. 일부러 찐따 같은 애들만 고르는 거. 그래야 내가 돋보이지. 안 그래?"

"하긴. 그게 네 능력이다. 주변에 시녀들 달고 다니는 거."

미나가 갑자기 신경질을 냈다.

"아, 떡볶이 언제 나온대? 아까 시켰는데!"

강하 선배가 카운터로 쌩하니 달려갔다. 돌아올 땐 떡볶이와 함께였다. 아니, 함께였을 거다.

"너 나랑 공개 여친 안 하면 크리스마스 전까지 경이 꼬신다. 경이랑 정식으로 사귈 거야."

"차라리 자폭을 해라. 호호호."

미나가 떡볶이를 요란스레 짭짭 씹는 소리를 내 가며 웃었다. 나는 조용히 녹음을 끝냈다.

한마디로 더럽혀진 기분이었다. 난생처음 큰맘 먹고 정성스레 다린 깨끗한 손수건을 반장에게 선물로 주었는데, 콧물 묻은 손수건으로 되돌려 받은 느낌이랄까? 그것도 다른 사람을 통해서. 으, 내 순결한 손수건을 이런 식으로 짓밟다니.

그러고 보니 반장이 날 공개적인 여친으로 만든 이후 개인적인 만남은 단 한 번도 없었다. 여친이라면 영화관도 가고 만화카페도 가고 피자도 사 먹고 기념일도 챙기고 그래야 하는 거 아닌가? 카톡도 자주 하고. 수준 차이는 나지만 성적 얘기도 나누고. 그런데 우리는 이런 걸 해 본 적이 없다. 난 왜 그동안 이런 의문을 한 번도 품지 않았던 거지?

그래, 그냥 설정이니까 밖에서 따로 만나지 않은 거다. 나는 호수에 풍덩 뛰어든 거다. 앞뒤 안 가리고. 깊이도 안 재 보고. 안전장치 같은 건 생각도 못 하고.

깨달음이 왔다. 나⋯ 바보 아니니?

미나와 강하 선배가 만화카페를 나설 때까지 쥐 죽은 듯 기다렸다가 추가 요금까지 내고 나와야 했다. 만화카페를 나섰지만 가고 싶은 데가 없었다. 그래서 내 마음과는 반대 방향으로 걸었다. 그러니까 커트클럽을 향해.

커트클럽 앞에 도착해서 안으로 들어가려다가 움찔, 멈춰 섰다. 엄마가 진상 아저씨의 머리를 감겨 주는 장면을 목격했기 때문이었다. 머리 감는 건 셀프인데 이상하지 않나? 머리를 깎은 손님은 원하면 자신이 직접 머리를 감고 말려야 한다. 속으로 외쳤다. 엄마! 샴푸 비용 꼭 받아 내!

자세히 보니 진상 아저씨의 오른손에 붕대가 감겨 있었다. 한 손으로는 머리를 감을 수가 없는 형편인 거다. 뭐야? 닭 튀기다 기름에 데기라도 한 건가? 프로답지 못하게. 아니면 저것도 설정?

하지만 분명히 느껴지는 게 있었다. 둘 사이에 묘한 기류가 흘렀다. 이건 직감이었다. 그간 짐작만 했었는데 눈으로 확인하니 충격이 훨씬 컸다. 이런 걸 두고 산교육이라 하나 보다.

엄마가 진상 아저씨의 머리를 드라이어로 말려주는 것까지 지켜보고 나서야 발길을 돌렸다. 이제야 알겠다. 진도 나간다는 말의 뜻을. 그 진정한 의미를.

"어? 경아?"

뒤에서 누가 나를 불렀다. 누구겠어. 손에 붕대 감고 진상 떠는 남자지. 힘껏 냉랭한 표정을 짓고 나서 뒤를 돌아보았다. 진상 아저씨가 다정하게 물었다.

"여기까지 와서 안 들어가고 뭐 하니?"

내 표정일랑 안중에도 없나 보다. 마치 자기네 집에 놀러 온 손님을 대하는 듯한 태도와 눈빛이었다. 잊으셨나 본데 여긴 우리 가게거든요?

이번에는 진상 아저씨를 정면으로 노려보며 말했다.

"요즘 머리 참 자주 자르시네요?"

진상 아저씨가 머리를 긁적였다. 멀쩡한 왼손을 놔두고 굳이 붕대 감은 오른손으로.

"머리가 빨리 자라나 봐요? 참, 샴푸 비용은 내셨어요?"

진상 아저씨의 얼굴이 일그러졌다. 2라운드도 나의 승리.

집에 오니 언니가 와 있었다. 언니가 여행 가방에 옷가지들을 싸고 있었다. 하마터면 언니에게 달려가 껴안고 울 뻔했다. 하지만 적과 포옹을 할 수는 없었다.

"어디 가?"

"지리산. 도보여행 가려고. 국토 순례 중이거든."

"대안학교에서 가는 거야?"

"때려치웠어. 로드스쿨러가 될 거야."

너무 놀란 나머지 정신이 멍해졌다. 지금 내 앞에서 미친 듯 짐을 싸는 사람이 정말 친언니 맞나?

"정말 사람 놀라게 하는 재주 있다니까."

"옷이 모자라서 몰래 가지러 온 거니까 당분간 엄마한텐 비밀이다!"

"맘대로 하셔."

"갈게. 엄마 오기 전에."

"지리산엔 혼자 가는 거야?"

"응. 나 대안학교에서 따 됐거든. 이런 말, 너한테까지 하는 건 요즘 대화 상대가 없기 때문이야. 완벽하게 고독한 상태라고나 할까?"

대안학교에도 따가 있다니, 사람 사는 곳은 어디든 마찬가지인가 보다. 보나 마나 거기서도 잘난 척했을 거야.

"나한테까지 말해 주니 너무 고마워서 눈물이 다 나려고 하네."

"지금 한 말도 비밀로 해 줘."

언니가 덧붙였다.

"사실 비밀은 혼자만 아는 게 최고지만."

잘 아네. 난 지금 함부로 비밀을 누설한 죗값을 톡톡히 치르는 중이거든.

요양원에 가시기 전 할아버지는 말씀하셨다. 비밀은 둘만 아는 것이 바람직하고, 한 사람만 알고 있는 것이 가장 좋다고. 즉 비밀은 아는 사람이 적어야 지키기가 쉬워진다고.

이런 진리를 열여덟에 깨달은 언니, 너는 도사.

짐을 다 꾸린 언니가 여행 가방을 끌고 현관을 향했다. 가만, 이대로 보내면 가출 소녀가 되는 거잖아? 언니를 붙잡고 싶은 마음과 그냥 내버려 두고 싶은 심정이 계속 교차했다.

"그래도 엄마한테 말은 해 줘야 하는 거 아냐?"

"하긴 할 거야. 그게 당장은 아니라는 거지."

"당장 안 하면 뭐가 달라져?"

"엄마가 울고불고 난리 칠 게 뻔해. 요즘 엄마도 힘들 텐데."

언니, 너무 자신을 과대평가하는 거 아냐? 엄마도 엄마 인생 때문에 바쁘거든.

"힘들긴. 요즘 꽃 노래 부르고 다녀."

신발장에서 등산화를 꺼내 신으며 언니가 남 얘기하듯 말했다.

"잘됐네."

언니는 지난번처럼 내게 잘 지내란 말도 없이 여행 가방을 끌고 현관을 향했다.

"짜증 나! 너란 인간!"

나는 고함을 지르며 언니를 향해 돌진했다. 그러고는 뒤에서 언니의 머리칼을 와락 잡아당겼다. 머리카락이 몇 가닥 내 손안에 들어왔다. 언니가 나와 내 손안의 머리칼을 번갈아 보며 이해할 수 없다는 듯 물었다.

"너 미쳤어?"

"그래, 미쳤다. 어쩔래!"

나는 이번에는 언니를 향해 온몸을 날렸다. 절대 고독 상태의 예비 가출 소녀는 복수심에 불타는 동생의 연이은 공격에 미처 대비하지 못했다. 우리는 서로를 껴안고서 현관 바닥에 함께 나동그라졌다. 나는 다시 언니 머리칼을 잡아당겼다.

"아악! 그만해. 그만하라고! 미친년아!"

언니가 절규하듯 울기 시작했다. 나도 울기 시작했다. 진작 이랬어야 했어. 진작 이렇게 싸웠어야 했다고. 우리는 둘 다 현관 바닥에 드러누운 채 한동안 일어설 의욕을 보이지 않았다. 그렇게 누운 채로 우리는 엉엉 울었다. 적의 품에 안긴 채.

잠시 후 적과의 포옹을 끝낸 언니가 과감하게 일어섰다. 그러고는 통통 부은 눈을 하고서 여행 가방을 끌고 현관을 나섰다. '잘 있어', '잘 가' 같은 인사는 없었다.

퇴근하고 집에 온 엄마 입에서 맥주 냄새가 났다. 옷에서는 치킨 냄새가. 실은 냄새가 나는 것도 같고 나지 않는 것도 같았다. 술 냄새도, 치킨 냄새도 어느 것 하나 확신이 없었다. 나는 의심 때문에 더 괴로웠다.

엄마가 물었다.

"일요일에 오빠 면회 갈래?"

"도서관 가야 돼. 시험 기간이야."

"아, 그랬구나. 미안."

엄마가 우울한 표정을 지으며 화장실로 들어갔다.

후회할 짓을 했다. 그렇게 범생이처럼 말하다니. 일요일에 피어싱하러 가야 돼. 요즘 학원비를 피어싱에 전부 날리고 있거든. 이러고 나서 정자 씨 똥 씹은 표정을 즐기는 건데. 지금 당장 언니의 비밀을 털어놓는다면 저 표정을 좀 더 오래 즐길 수 있을 것이다. 하지만 지금은 입을 다물겠다. 나한테 머리카락 잡힌 값은 했으니까.

순간, 아악! 하고 화장실에서 신경질적인 비명 소리가 새어 나왔다. 화들짝 놀라 화장실 문을 열었다. 엄마가 손에 튜브 치약을 들고 울상이 된 채 서 있었다.

"왜 그래?"

"치약 짜는 게 너무 힘들어서."

"다 쓴 거잖아. 그냥 갖다 버려."

"안 돼. 그래도 조금 남았단 말이야."

"매번 끝까지 치약 짠다고 용쓰는 거 귀찮지도 않아?"

"귀찮아. 그래도 남았잖아. 아빤 이거 끝까지 잘 짜는데…."

기가 막혔다. 왜, 그깟 치약 때문에 아빠 생각나? 치약 하나 끝까지 제대로 못 짜면서 무슨 이혼을 하겠다고. 어우, 짜증 나. 당신들, 하나같이 다 짜증 난다고!

*

한 번에 하나씩

방과 후에 교육복지실로 향했다. 내 앞에 쌓인 문제들로 머리가 터질 것 같았다. 상담은 오래전에 끝났지만 기간을 정해 놓고 들락거리는 건 너무 빡빡하지 않은가? 무슨 기말시험 준비하는 것도 아니고.

상담샘은 부재중이었다. 잠시 자리를 비운 듯했다. 의자에 앉아 상담샘을 기다렸다. 지난번에 상담샘에게 바람맞은 날, 상담샘이 술병 나서 결근했다는 건 거짓말로 드러났다. 교육복지실에 드나들던 다른 반 아이가 말해주었는데 그날 상담샘이 떡볶이를 사 들고 자기네 집에 찾아왔다고 했다. 그 애는 상담샘 때문에 가출을 포기했다고. 참고로 그 애가 내게 공개한 하루 시간표는 집—학교—학원—학원—독서실—집이다. 이건 월요일부터 금요일까지의 시간표고, 주말은 좀 다르다. 집—학원 보충수업—도서관—집이다. 으으, 나라도 가출했을 거다.

확실히 인간은 사회적 동물인가 보다. 더 이상 친구를 사귀지 않겠다고 다짐을 해도, 교육복지실에서 만난 애들과는 아는 척을 안 하겠다고 아무리 결심을 해도 소용이 없었다. 점심시간에 아무리 혼자 밥을 먹으려 해도 짝꿍이 와서 앉거나 다른 애가 아는 척을 하며 앉아 버리니 자따가 되는 일도 맘먹은 것처럼 쉬운 일은 아니었다.

오죽하면 평소에 나랑 말도 섞지 않던 언니가 대화 상대가 없다며 내게 자진해서 완벽한 고독 상태라고 고백했을까. 그런데 샘! 굳이 선행을 숨길 필요 있으세요? 나라면 떠들고 다닐 텐데?

시계를 보니 벌써 삼십 분이 지났다. 도로 나가 버릴까 고민하고 있는데 상담샘이 첫 만남 때처럼 꽃병을 들고 들어섰다.

"어? 경이구나? 어쩐 일이야?"

그때처럼 프리지어 향기가 실내에 퍼졌다. 기다렸다는 듯 눈물이 주르륵 흘렀다. 샘이 반가워서였는지 꽃향기가 날 감상적으로 만든 건지 잘 모르겠다.

"상담이 끝나니까 진짜 문제가 시작됐구나? 아니면 처음부터 말하지 않은 문제였던가."

"둘 다예요…."

나는 창피함도 잊고 엉엉 소리 내어 울기 시작했다.

"하나씩 말해줄 수 있니?"

"가족 문제, 친구 문제, 이성 문제, 성적 문제."

"우후."

상담샘이 한숨처럼 감탄사를 토해 냈다.

"더 자세하게 말하면요, 친구 문제, 옛 친구 문제, 이성 문제, 엄마의 이성 문제, 엄마 아빠의 이혼 문제, 가족 문제, 성적 문제, 수학 성적 문제요."

"자자, 순서를 정하자꾸나. 중요한 문제부터 하나씩 해결해 보자. 동시에 여러 문제를 해결할 순 없으니까 한 번에 하나씩. 어때?"

나는 고개를 끄덕였다. 이 마당에 싫다고 할 수는 없지 않은가. 이미 눈물을 보인 마당에.

"지금 무슨 문제가 우리 경이를 제일 괴롭히지?"

"잘 모르겠어요. 전부 다 괴롭거든요."

"그래도 한 번 더 생각해 볼래?"

그래. 지금 이 순간은 엄마 아빠의 이혼 문제 때문에 제일 괴롭다. 집에 가도 마음의 안정을 취할 수 없다는 게. 집에 들어가기도 싫다는 게.

"우리 엄마는 정말 이혼할 마음이 있는 걸까요? 아빠는 몇 개월째 고시원에서 지내고 이혼서류는 서랍에 그대로 있어요."

"궁금하면 직접 물어봐야 해. 당사자에게 직접. 의외로 솔직하게 답해 주실지 몰라. 그게 가장 빠른 해결책인지도. 경아, 넌 부모님의 이혼을 원하니?"

천천히 고개를 저었다.

"처음엔 원하지 않았는데 이젠 모르겠어요. 다만 이런 상태가 오래가는 건 너무 싫어요."

"그럼 그것도 솔직하게 물어봐. 이젠 결단을 내리시라고."

그래, 한 번에 하나씩. 전에 혜지와 함께 소리 내어 읽었던《모모》의 한 구절이 떠올랐다. 한꺼번에 도로 전체를 생각할 수는 없다. 비질 한 번에 심호흡 한 번. 그리고 앞으로 한 걸음. 그렇게 한 걸음씩 앞으로 내디디며 비질을 하다 보면 어느 순간 긴 도로의 청소가 끝나 있을 거라고.

집에 가면 당장 물어봐야겠다. 엄마, 이혼할 거야? 말 거야? 내 핑계는 대지 말고. 그럼 어떻게든 답을 해 주겠지. 갑자기 문제 하나가 해결된 기분이 들었다.

상담샘도 눈치를 챈 듯 진도를 나갔다.

"다음 문제도 함께 얘기해 볼까?"

"아니요. 이제 혼자 풀 수 있을 거 같아요."

사실 다음 문제는 생각할 여유가 없었다. 당장 코앞의 문제부터 풀고 싶어졌으므로.

상담샘이 기특하다는 듯 씨익 웃었다.

"크리스마스엔 뭐 할 거니? 특별한 계획 있어?"

다시는 떠올리고 싶지 않은 크리스마스. 내가 작년 크리스마스를 어떻게 보냈는지 상담샘이 안다면 오늘의 질문은 하지 않았을 텐데.

"한참 남았는데 벌써부터 크리스마스 계획을 세워요?"

"그게 중요한 거야. 벌써부터가. 네가 만약 크리스마스가 되기 한 달 전에 기분 좋은 일을 계획한다면 크리스마스까지 한 달 내내 기분 좋게 지내지 않을까? 《어린 왕자》에도 이런 말이 나오잖아. 가령 오후 네 시에 네가 온다면 나는 세 시부터 행복해질 거야…."

에이, 겨우 한 시간 전부터 행복해지다니. 나라면 아침부터 행복해질 것 같은데. 아니면 전날부터? 크리스마스에 특별한 계획은 없지만 갑자기 기분이 나아졌다.

"선생님은 결혼 안 하세요?"

"응. 안 해."

"왜요? 아이 낳으면 잘해 주실 것 같은데."

"맞아. 그래서 안 할 거야. 아이 낳으면 잘해 줄까 봐."

"잘해 주려고 낳는 거 아니에요?"

"그럼 너희들한테 못할 거 아냐."

"능력 없어서 못하는 거 아니고요?"

"맞아. 어떻게 알았니. 호호호호."

상담샘이 몸을 떨어 가며 웃었다. 첫 만남 때 들었던 웃음소리. 한동안 귀가 따갑게 들은 헤픈 웃음소리로.

집으로 오는 내내 생각했다. 크리스마스를 어떻게 보낼까. 올해는 어떻게 보내야 후회가 없을까. 그러자 좋은 아이디어가 떠올랐다. 우선 복수를 하는 거야. 그리고 파티를 열어야겠다. 또 다른 아이디어도 떠올랐다. 미나에게 빼앗겼던 혜지를 되찾아 오자. 계속해서 아이디어가 떠올랐다. 한 번에 하나씩. 잠깐! 그전에 우선순위부터 정하자.

① 복수하기(미나, 반장, 강하 선배)

② 파티하기(어떤 파티가 좋을까?)

③ 혜지와 화해하기(과연 가능할까?)

집에 오자마자 화장대 서랍을 열고 이혼서류부터 찾았다. 묻지도 말고 엄마 몰래 찢든지 불태워 버리든지 하려고. 그런데… 이혼서류가 보이질 않았다. 요 며칠 전까지만 해도 있었는데. 그럼 이미 처리한 건가?

저녁 늦게 퇴근해 들어온 엄마에게 물었다.

"엄마, 이혼 안 해? 언제까지 이렇게 지낼 거야?"

엄마가 한숨을 쉬었다.

"아직 합의가 안 돼서…."

"왜? 아빠가 위자료 못 준대?"

엄마가 고개를 저었다.

"아빠가 이혼하면 너랑 산단다. 나도 너 포기 못 해."

순간 울컥하고 안에서 뜨거운 것이 올라왔다. 둘 다 나랑 살고 싶어 하다니. 아빠 엄마 둘 다.

"그럼 서류는 어쨌는데?"

"뭔 서류?"

"이혼서류. 맨날 서랍에 두고 다녔잖아!"

"너 엄마 서랍 뒤졌어?"

"빨리 대답해!"

"아빠 갖다 줬다, 왜! 내가 바빠서 갈 시간 없으니까 대신 내라고."

서둘러 내 방으로 돌아왔다. 어휴, 그럼 이혼 안 하면 되잖아….

＊

잔반 처리반

수요일 점심시간이 돌아왔다. 약속대로 혜지가 잔반 처리반으로 나섰다. 급식시간이 끝나갈 무렵 미나가 클럽 멤버들에게 말했다.

"얘들아, 너희들 남은 밥하고 반찬, 전부 혜지 식판에 올려."

아이들이 식판을 들고 혜지에게 몰려왔다.

미나는 얼마 전 BP클럽 신입회원을 대대적으로 모집하면서 새로운 공약을 내걸었다. 회원 가입 시 선물로 써클렌즈, 에스테틱, 비비크림, 립밤을 약속한 것이다. 공주클럽이란 이름에 걸맞게 모두 외모와 관련된 선물이었다. 일주일 만에 여섯 명의 신입회원이 가입했고, BP클럽은 수진이와 미나까지 합해 8공주클럽이 되었다. 경쟁률은 이 대 일. 열두 명이 미나 아니면 선물을 원했다는 뜻이다. 아니면 둘 다를 원했거나.

여섯 명의 신입회원들이 혜지 식판에 잔반을 올리기 시작했다. 회원이 아닌 애들도 구경 차원에서 몰려와 재미로 올렸다.

신입회원 가운데선 "난 더 먹고 싶은데…" 하면서 올린 애도 있었고, 회원이 아닌 애들 가운데선 "아프리카에는 굶어 죽는 애들도 있는데 뭔 배부른 짓들이래?" 하는 애가 있는가 하면, "우리 동네에도 굶는 애들 있어" 하는 애와 "난 다이어트하느라 굶는데" 하는 애도 있었다.

신입회원들이 올린 잔반만으로도 혜지의 식판은 이미 탑을 쌓아 쓰러질 지경이었다. 아이들의 표정은 그야말로 흥미진진해 보였다. 기존 회원인 수진이만 괴로운 듯 혜지의 식판에서 시선을 돌린 채 난감한 표정을 짓고 있었다.

혜지가 숟가락을 들었다. 신입회원들이 구호를 외쳤다.

"다 먹어! 다 먹어! 다 먹어!"

숟가락을 쥔 혜지의 손끝이 가늘게 떨렸다. 도살장에 끌려가는 소의 눈빛을 하고. 정말 클럽을 탈퇴하고자 하는 의지가 있는 건가 의심스러울 정도로 애처로운 눈빛이었다.

보다 못한 수진이가 미나에게 다가갔다.

"미나야, 혜지가 정말 이걸 다 먹어야 해? 다시 한 번 생각해 주면 안 될까? 너도 잘 알잖아, 혜지가 얼마나 비위가 약한 앤지."

수진이는 혜지와 꽤 가까운 사이란 걸 암시하는 말을 내뱉었다. 이건 내가 더 잘 안다. 혜지가 비위가 약한 애라는 거. 전에 놀이공원에 가서 함께 바이킹을 탔을 때 혜지는 내려오자마자 기어이 오바이트를 하고 말았다. 정글에서 생존하는 TV 예능 프로에서 남자 배우가 맨손으로 잡은 물고기의 배를 가르고 내장을 꺼내는 걸 봤을 때는 오바이트를 하고 나서 아예 기절을 할 정도였다. 그래서 내가 혜지에게 지어 준 별명이 바로 '오바이트의 여왕'이었다.

"넌 빠져!"

신입회원1이 수진이를 밀어냈다. 수진이가 허무하게 밀려났다. 혜지가 미안한 듯 숟가락으로 냉큼 밥을 떠서 입으로 가져갔다.

순간,

"내가 먹을게!"

하는 외침 소리가 가까이서 들렸다. 이 외침은 분명 나의 목소리였다. 아이들의 시선이 일제히 내게 집중됐으니까. 나는 태어나서 처음으로 아이들의 시선을 한 몸에 받으며 미나 앞으로 한 발 다가갔다.

"대신 다시는 혜지 괴롭히지 않겠다고 약속해."

미나가 흥미롭다는 표정을 지었다.

"혜지의 수호천사를 하시겠다? 그런데 앞으로 한 달 동안 먹어야 하는데?"

"알아."

"중간에 관두면 벌칙으로 혜지가 두 달 동안 먹어야 돼. 그래도 좋아?"

"걱정 마. 그럴 일은 없을 테니까."

"경아."

격앙된 어조로 혜지가 날 불렀다. 미나가 혜지를 가로막았다.

"넌 가만있어. 애들아, 나 방금 클럽 규칙을 새로 하나 만들었어. '짱이 원하면 회원 대신 다른 애가 처벌받는 일도 가능하다.'"

미나는 방금 세운 규칙이 마음에 드는 듯 흡족한 미소를 지었다.

"좋아, 여경! 네가 먹어. 네가 혜지 대신 한 달 동안 잔반 처리반이 되는 거야. 그럼 혜지를 클럽에서 나가게 해 줄게. 동의?"

미나가 신입회원들을 둘러보며 동의를 구했다. 회원들이 일제히 고개를 끄덕였다. 나는 식판에 탑처럼 쌓인 밥을 바라보며 미나에게 말했다.

"그전에 마지막으로 제안할게. 날 위해서가 아니라 널 위해서야."

"무슨 제안?"

"여기서 그냥 화해하는 건 어때? 혜지는 약속대로 탈퇴하고."

"그게 왜 날 위한 거야?"

내 제안을 거절하고 나서 벌어질 사태를 네가 미리 안다면 좋으련만. 그러면 이 제안이 명백히 널 위해서란 걸 알 텐데.

"내가 이걸 다 먹으면 앞으로 너만 힘들어질 테니까."

"푸하하, 꿈이 개그맨이라더니 웃기시네. 지금 장난해?"

아이들이 일제히 날 보며 소곤대더니 미나를 따라 웃었다. 으으, 더 이상의 제안은 없다. 타협도. 곧바로 전쟁이다!

난감해하는 혜지의 표정을 뒤로한 채 숟가락을 들었다. 밥에는 돈가스 튀김가루와 고춧가루가 묻어 있었다. 나머지 흰 부분에는 하다못해 아이들 침이라도 묻어 있겠지. 눈에 보이는 고춧가루보다 눈에 보이지 않는 침이 상상력을 더욱 자극했다. 한마디로 더러웠다.

나는 눈을 질끈 감으려다 반쯤 뜨고—감으면 잔반이 안 보이니까—씩씩하게 밥을 먹기 시작했다. 그러고는 속으로 혜지의 순조로운 탈퇴를 위한 주문을 외웠다. 동시에 방금 탈퇴를 원하게 된 수진이를 위해서도.

한 숟갈은 혜지를 위해.

한 숟갈은 수진이를 위해.

요양원에 가시기 전 할아버지는 말씀하셨다. 넘어질 때 넘어지더라도 일어설 땐 그냥 일어서지 않는다고. 그래, 잔반을 먹더라도 그냥 삼키진 않는다. 이 행동에는 분명한 이유와 목표가 있다.

마지막 한 숟갈은 거지 같은 공주클럽의 해체를 위해.

그동안 애들은 내심 미나를 겁내거나 기피해 왔다. 급식실에서 일어나는 일에 대해 다들 쉬쉬하는 걸 보면 이 말이 사실일 거다. 미나를 둘러싼 소문과 소문의 진실 여부를 떠나 애들이 미나를 겁내는 이유에 대해 하나씩 나열해 보면 이렇다.

① 엄마 아빠가 유명 인사다(이름은 아무도 모른다).

② 아빠가 조폭이고 엄마가 조폭 마누라다(그 반대라는 소문도 있다).

③ 미나만 보면 무조건 아부해야 할 것 같은 아우라가 느껴진다(이건 소문이라기보다 주관적인 느낌에 가깝다).

④ 이뻐서 뭘 해도 용서된다(역시 주관적인 느낌).

⑤ 변덕이 사이코 수준이다.

⑥ 뒤끝 작렬이다.

지금 내가 이런 말할 처지는 못 되지만 미나가 불쌍했다. 모두가 피하고 싶어 하는 미나야말로 진정한 왕따니까.

이제부턴 속도전이다. 한꺼번에 잔반 전체를 생각해선 안 된다. 한 숟가락 뜰 때마다 심호흡 한 번, 그리고 삼키기. 그러다 보면 어느새 잔반을 싹쓸이하게 되겠지.

나는 잔반을 한 숟가락씩 묵묵히 입에 쑤셔 넣었다. 치밀하게 계산된 전략이지만 미련하게 비쳐질 내 행동은 애들에겐 동정심을, 미나에겐 공포심을 불러일으켰다. 애들이 눈살을 찌푸리는 가운데 수진이가 눈시울을 붉혔다. 그리고… 마침내 혜지가 눈물을 터뜨렸다. 일부 신입회원이 혜지를 측은하게 바라보았다. 속으로 환호성을 질렀다. 이때다!

나는 핸드폰을 꺼내 식탁에 올렸다. 그리고 얼마 전 만화카페에서 녹음해 온 내용을 틀었다. 볼륨을 최대로 올리자 핸드폰에서 남녀의 목소리가 튀어나왔다. 목소리의 주인공들은 누구겠어. 당연히 강하 선배와 미나지.

둘의 목소리가 급식실에 울려 퍼졌다.

강하 : 앞으로는 너희 클럽 회원 물 관리 좀 해. 어째 애들이 하
　　　나같이 어리바리하냐.

미나 : 그게 관리하는 거라고. 일부러 찐따 같은 애들만 고르는
　　　거. 그래야 내가 돋보이지. 안 그래?

강하 : 하긴. 그게 네 능력이다. 주변에 시녀들 달고 다니는 거.

볼륨을 한껏 올린 탓에 둘의 목소리가 쫙쫙 갈라져서 꼭 찐따같
이 들렸다. 나는 녹음 내용을 한 번 더 틀었다. 녹음이 좋다는 게
뭐겠어. 반복해서 들을 수 있다는 거지.

혜지와 수진이가 받을 충격을 생각하면 마음이 아팠지만, 얘네
들도 이젠 현실을 직시해야 한다. 회원들이 일제히 술렁였다.

"어머머, 기막혀."

수진이의 얼굴이 새파랗게 질렸다. 혜지는 또다시 배신감을 느
낀다는 표정이었다. 수진이가 미나에게 다가갔다.

"우리가 시녀라고? 난 네가 우리를 좋아해서 회원으로 초대한
줄 알았어!"

뒤이어 신입회원들이 미나를 노려보며 미나 주위를 동그랗게
에워쌌다.

"나도 그런 줄 알았어."

"나도."

"나도 마찬가지야."

신입회원 한 명이 가입할 때 받은 비비크림을 미나에게 던졌다. 다른 회원도 덩달아 립밤을 던졌으나 나머지 애들은 손가락질로 끝냈다. 선물을 돌려주긴 싫은 것 같았다. 끼고 있는 써클렌즈를 빼서 던지는 건 아무래도 귀찮은 일일 테니까.

나는 미나가 한 말을 되돌려 주었다.

"어때, 오늘 한 번으로 끝낼까? 한 달 뒤에 끝낼까? 한 달 뒤에 끝내면 졸업 때까지 너만 힘들어질 텐데?"

미나는 아무 말도 하지 못했다. 나는 혜지에게 손을 내밀었다. 그리고 수진이에게도. 둘은 내 손을 잡았다. 미나는 아무런 제지도 하지 못했다. 분노로 똘똘 뭉친 신입회원들에게 둘러싸여 있어서 처음부터 제지란 불가능했다. 애들은 미나를 발로 밟기라도 할 기세였다.

우리 셋은 손을 잡고 유유히 급식실을 빠져나왔다. 그리고 운동장으로 달려 나갔다. 나는 달리면서 미나를 향해 마지막 주문을 외쳤다. 한동안 따가 될 거다. 백미나! 너도 인생의 쓴맛 좀 봐라! 난 분명히 네게 기회를 줬어. 그런데 네가 그 기회를 발로 차 버린 거야.

내게 잔반을 먹게 한 미나가 반성문을 쓰고도 한 달 동안 교육복지실을 드나들게 되었다는 후문을 미리 밝혀 둔다. 이것이 미나에 대한 복수의 전말이자 크리스마스 전에 세운 계획의 일부다.

반장이 운동장에서 무리와 농구를 하고 있었다. 일찌감치 점심을 먹어 치우고 다음 주에 열릴 농구 경기를 위해 맹연습을 하는 중이었다. 무리 중에는 강하 선배도 있었다.

응원석에는 구경하는 애들, 응원하는 애들, 반장을 추종하는 무리가 앉아 있었다. 이 애들은 작년엔 야구부를 따라다녔다. 어디를 가든 항상 누군가를 따라다녀야 직성이 풀리는 애들이 있다. 얘네들이 그런 애들이었다.

반장과 눈이 마주쳤다. 갑자기 속이 울렁거렸다. 좀 전에 잔반을 삼킬 때 밥에 묻어 있던 돈가스 튀김가루가 떠올랐다. 고춧가루도. 상상력을 자극하던 침도.

반장이 농구공을 튀기다 말고 반가운 표정으로 내게 다가왔다. 반장은 여전히 스마트 왕자였지만 얼마 전까지 내가 알던 그 스마트 왕자가 아니었다. 한마디로 가증스러웠다.

속으로 빌었다. 제발 지금은 아는 척하지 말아 줄래…. 반장은 그럴수록 점점 더 가까이 다가왔다. 나는 더 이상 달릴 수가 없어서 온몸을 숙인 채 헉헉거렸다.

"얘들아, 잠깐만."

나의 요청에 함께 달리던 혜지와 수진이가 멈춰 섰다. 반장은 바로 내 코앞까지 다가왔다. 졸지에 운동장 한복판에서 나와 반장이 마주 보고 서게 되었다. 응원석에 앉은 아이들은 자동적으로 관중이 되었다. 순간, 안에서 음식물이 올라왔다. 나는 입을 굳게 다물었다. 아무 말도 하지 말자. 입을 벌려 말하는 순간 토사물이 네게로 쏟아져 나오리라.

반장이 물었다.

"점심 먹었어?"

고개를 끄덕였다.

"오늘은 혼자가 아니네?"

역시 고개를 끄덕였다. 반장이 혜지와 수진이를 가리키며 물었다.

"BP클럽 애들?"

고개를 저었다. 방금 탈퇴했거든. 말 붙이지 마. 나 지금 너랑 대화할 기분 아니야.

반장의 입꼬리가 올라갔다. 내가 침묵 개그를 하는 줄 알고 미리 웃을 준비를 하고 있는 것이 틀림없었다. 그래, 그 넓은 이해심, 어디 가겠어.

"그럼?"

"우웨엑~~~~~"

잔반 토사물이 반장의 교복 바지로 흘러내렸다. 깜짝 놀란 반장이 뒤로 주춤 물러섰지만 이미 토사물은 입 밖으로 쏟아져 나온 뒤였다. 그전에… 차마 이건 밝히고 싶지 않지만… 하필 그 부분에.

반장은 방금 자신에게 일어난 일을 믿을 수 없다는 표정으로 교복 바지를 내려다보았다. 이것은 내 계획의 일부가 아니었다. 정말이다. 맹세코 이 복수는 계획적인 것이 아니었음을 밝히고 싶다.

나는 반장을 향해 삿대질을 했다. 토한 자가 오히려 화내는 심정을 온몸으로 이해하면서.

"강지섭! 누가 너한테 비밀을 지켜 달라고 부탁할 땐 반드시 지켜 줘야 하는 거야! 알았어?"

반장은 교복 바지를 내려다보느라 계속 고개를 숙이고 있었다. 때문에 관중들 눈에는 나한테 혼나는 것처럼 보였다.

"알아들었냐고, 이 왕자병아!"

순간 반장이 고개를 쳐드는 바람에 그 모습은 내 말을 강하게 긍정하는 태도로 비쳐졌다.

"그리고 너, 〈인생은 아름다워〉 보지도 않고 줄거리만 외웠지? 그 영화를 설명하는 네 태도에서 인간적인 냄새가 전혀 안 났어. 너한텐 모든 게 암기 과목이잖아? 그래서 나도 외운 거니? 공개적 여친으로?"

응원석에서 우우, 하는 환호성이 들려왔다. 이 함성에 용기가 났는지 모르겠다. 내친김에 응원석 앞으로 달려갔다. 나는 응원석에 앉아 있는 남자애들을 향해 삿대질을 하며 소리쳤다.

"만일 이중에 누구든 나한테 공개 여친 신청하면 내가 먼저 사양한다. 명심해!"

나는 눈에 힘을 주며 남자애들을 째려봤다. 그러고는 아까부터 나를 떨떠름한 표정으로 주시하고 있는 강하 선배를 향해 소리쳤다.

"특히 당신! 난 죽었다 깨어나도 그쪽이랑 사귈 맘 없으니까 나랑 데이트는 꿈도 꾸지 마. 알았어?"

나는 토사물이 번진 입가를 주먹으로 쓱 훔쳤다. 아무래도 혜지에게 '오바이트의 여왕'이란 별명을 물려받을 때가 온 것 같다. 갑자기 목이 말랐다. 갈증으로 목이 타는 것 같았다. 이 순간 가족들이 보고 싶었다. 너무나 보고 싶었다.

요양원에 가시기 전 할아버지는 말씀하셨다. 사람이 너무 목이 마르면 소금이라도 핥고 싶어진다고. 할아버지가 좋아하는 어느 작가가 한 말이라고 했다.

나 역시 사막 한가운데에 선 것처럼 몹시도 목이 말랐지만 그렇다고 가족들이 맹세코 내 목마름을 적셔 줄 오아시스는 될 수 없었다. 하지만 나는 목이 다 타들어 갈지라도 가족이라는 이름의 따가운 소금으로 내 목을 적시고 싶었다. 지금 이 순간만큼은 간절히.

다음 계획이 떠올랐다. 올 크리스마스에는 온 가족이 다 같이 모여 저녁을 먹었으면 좋겠다고. 이것이 내가 생각한 파티라고.

뒤에서 박수 소리가 들렸다. 돌아보니 응원석에 앉아 있는 혜지와 수진이가 나를 향해 박수를 치고 있었다.

*

D-day 한 달 전

크리스마스를 가족과 함께 보내고 싶다는 막연한 소망과 의지
는 구체적인 실현 계획으로 바뀌었다. 우선 가족들의 소재지와 스
케줄 파악에 나섰다. 나와 엄마를 제외하고는 온 가족이 모두 뿔
뿔이 흩어져 있기 때문이었다.

먼저 요양원에 계신 할아버지는 직접 찾아가 크리스마스 파티
에 초대하기로 했다. 아마 좋아하실 거야. 작년에는 말도 없이 요
양원으로 떠나 함께하지 못했으니 더욱 의미가 있을 터였다.

그다음 아빠. 아빠가 일한다는 24시간 편의점이 휴먼시아 앞이
라고 했지. 좋아, 찾아가서 말하는 거다. 크리스마스에 할아버지
를 모시고 오라고 부탁도 해야겠다. 엄마에게는 직접 말하면 될
것 같고 오빠는 군부대로 편지를 보내자. 엽서 한 장도 좋겠지. 언
니는 지리산으로 도보여행을 떠난다고 했는데 전화를 해야겠다.
어이, 천재 소녀! 국토순례는 잘돼 가?

생각만으로 계획이 착착 진행되어 가는 느낌이 들었다. 내친김

에 언니의 카톡방에 들어갔다.

그런데… 시작부터 암초에 걸렸다. 언니의 카톡방에 이런 문자가 떠 있었기 때문이다.

한 달간 핀란드 여행

어떻게 이런 일이. 믿을 수가 없었다. 대안학교를 그만두고 로드스쿨러가 된다더니, 지리산도 모자라 언제 핀란드까지 간 거야? 참 여러모로 인터내셔널하다니까. 언니가 비행기를 타고 핀란드까지 날아갈 동안 난 뭐 한 거지? 그동안 방구석에서 언니 카톡방을 한 번도 들어가 보지 않았단 말인가.

그런데 한 달간 핀란드 여행이라니. 그럼 크리스마스에도 핀란드에 있겠다는 뜻인지 종잡을 수가 없었다. 도대체 언제부터 언제까지가 한 달이란 걸까?

작년 크리스마스에 언니가 한 말이 떠올랐다. 올해는 다른 나라에서 다른 공기를 마시며 다른 나라 사람들과 크리스마스를 보낼 거라는. 그래서 택한 나라가 핀란드인가?

궁금한 게 한두 가지가 아니었다. 왜 하필 핀란드야? 핀란드가 전 세계 행복지수 1위인 나라라서? 아빠가 좋아한다는 아키 카우리스마키 감독이 태어난 나라라서? 언니, 핀란드어는 할 줄 알아? 비행기표 값은 어디서 났어? 여행 경비는?

가만, 엄마는 이 사실을 알고 있을까? 만일 엄마가 모른다면 아악, 말도 안 돼! 해외로 가출한 거잖아.

퇴근해서 집에 온 엄마에게 물었다. 궁금한 건 당사자에게 직접 묻는 게 빠르다는 걸 지난번 경험을 통해 확인했으니까. 언니가 엄마한테 당분간 말하지 말라고 하는 바람에 지금껏 비밀을 지켜 왔지만 지금은 비상사태가 아닌가?

"엄마, 윤이 언니 대안학교 그만둔 거 알고 있어?"

엄마가 한숨을 쉬었다. 그리고 고개를 끄덕였다.

"로드스쿨러가 된다고 지리산에 간 건?"

엄마가 고개를 끄덕이며 한숨을 쉬었다.

"핀란드에 간 것도?"

엄마가 땅이 꺼져라 한숨을 쉬며 고개를 푹 숙였다.

"그럼 나만 몰랐던 거야?"

"엄마만 아는 거지. 아빠도 모르셔. 할아버지도."

그랬구나. 사실 제일 궁금한 건 따로 있었다.

"아니! 돈은 어디서 났대?"

"미용실에 와서 인턴으로 일했어. 가게 문 여는 거 도와주고. 빗 자루로 바닥 쓸고. 손님 한 명만 왔다 가도 머리카락이 얼마나 쌓이는데."

아무래도 찔리는 게 있나 보았다. 저렇게 변명하듯 늘어놓는 걸 보면.

130

"언제? 난 한 번도 본 적이 없는데!"

"넌 그 시간에 학교에 있었잖아."

아… 언니가 학교 밖 아이라는 걸 깜박했네.

"한때는 말이다, 윤이에 대해 안다고 생각했는데, 이젠 하나도 모르겠어."

엄마가 울먹였다.

"어쩌다 내가 내 속으로 낳은 자식 속을 하나도 모르겠는지…."

그렇게 엄마도 모르는 자식을 나한테는 왜 그렇게 반만이라도 닮으라고 노래를 불렀어?

언니가 고등학교를 그만둘 무렵이 떠올랐다. 전교 1등을 하던 언니가 고1을 한 학기도 못 넘기고 자퇴 선언을 했다.

아빠는 충격을 받아 가출했다가 하루 만에 돌아왔고—이제 와서 생각하면 그때 마침 준비하던 영화가 엎어지고 엄마와 대판 싸운 뒤 홧김에 집을 나갔던 게 아닌가 하는 의심도 든다—엄마는 막 울면서 같이 죽자고 협박까지 했지만 얼마 못 가 언니에게 넘어갔다. 엄마는 언니가 설득의 귀재라고 했다.

엄마는 설득당한 게 아니야, 속은 거라고. 언니가 여우란 거 몰라? 지금도 계속 속고 있는 거야. 다음에 만나면 꼬리부터 찾아봐.

한때는 스파게티 요리에 미쳐 이탈리아 유학을 꿈꾸었지만 기념일에 이탈리안 레스토랑에서 한 끼 식사하는 걸로 만족해야 했던 엄마. 미스코리아를 배출하는 미용실 원장의 길을 거부하고 남성 전용 커트클럽의 원장이 되어 남자들 머리칼만 자르고 있는 엄마. 사전에 상의하는 법 없이 모든 일을 저지르고 난 다음에야 자식에게 통보받는 걸로 만족해야 하는 엄마, 정자 씨.

처음으로 엄마가 불쌍해 보였다. 엄마, 그런데 난 지금의 엄마 모습이 더 좋아. 훨씬 인간적인 냄새가 나거든.

"정자 씨, 이번 일요일에 오빠 면회 갈까?"

"이게 어디서 엄마 이름을 불러?"

화를 내면서도 엄마의 얼굴은 밝아졌다.

밤늦게 아빠가 일하는 편의점을 찾아갔다. 정장과 유사한 유니폼을 입은 아빠는 사뭇 달라 보였다. 조금 근사해 보였다고 할까.

아빠가 무척 반가워하며 바나나우유를 내주었다. 나는 구석에 앉아 삼각김밥과 바나나우유를 먹으며 아빠가 짬이 날 때까지 기다렸다. 아니, 근데 유통기한이 하루 지난 거라 그냥 먹어도 된다는 말을 뭣하러 해? 정말 분위기 깬다니까.

로또 당첨지란 소문 때문인지 편의점은 야간에도 손님들이 쉴 새 없이 들락거렸다. 아빠는 편의점을 무대로 〈불야성 시대〉 제2탄을 열심히 찍고 있었다.

겨우 손님이 없는 틈을 타서 아빠가 다가왔다.

"경아, 도시락 먹을래?"

"식당에 취직했어? 왜 못 먹여서 안달이야?"

아빠가 머리를 긁적이며 씩 웃었다.

"그러게. 너 살 빠진 거 같아서."

에고, 몸무게가 1킬로그램 늘었거든요.

"아빠, 여기 점주보다 나이 많지?"

아빠가 다시 머리를 긁적이며 씩 웃었다.

"어우, 비듬 떨어지겠어. 점주가 머리 길다고 잔소리 안 해?"

"이래 봬도 맨날 감아. 왜 이래?"

아빠의 눈치를 살피며 슬쩍 본론을 꺼내 들었다.

"크리스마스에 근무해?"

"응. 왜?"

뒤로 길게 묶은 머리 때문인지 아빠는 더 늙어 보였다. 마음속에 살짝 먹구름이 드리워졌다.

토요일 아침 일찍 집을 나섰다. 인터넷에서 검색한 주소지를 핸드폰에 저장해 할아버지가 계신다는 요양원을 찾아갔다. 인터넷에 위치가 자세히 나와 있으므로 찾는 데는 그리 힘들지 않았다. 고작해야 집에서 한 시간 거리인데 찾아오는 데는 십일 개월이나 걸리다니…. 그러나 정작 요양원에 도착해서는 안에서 한참을 헤맸다. 아빠랑 올 걸 그랬나 보다. 조금 후회는 됐지만 내 계획을 동네방네 떠들고 다닐 필요는 없지 않은가?

그런데 할아버지는 요양원에 없었다. 안내데스크에 가서 물으니 한 달 전에 바로 옆 건물인 치매 병동으로 옮기셨다고 알려 주었다. 충격으로 얼떨떨했다. 번개를 맞은 기분이었다.

"치매요?"

"손녀라면서 모르고 있었어?"

부끄러워서 얼굴이 빨개졌다. 흥, 엄마 아빠도 모를걸요. 할아버지가 치매에 걸리다니. 믿을 수 없어. 기억력이 얼마나 좋으신데. 삼십 년 전 졸업한 제자들이 찾아와도 이름을 줄줄이 외우신다고요.

"그렇게 심한 건 아니고 가끔 오락가락하셔. 식사한 걸 자꾸 까먹고 또 달라 그러시거든."

간호사가 내 표정을 보며 위로하듯 덧붙였다. 그 자리에서 아빠에게 전화를 걸었다.

"아빠! 나, 할아버지 만나러 요양원 왔거든? 근데…."

어떻게 전해야 할까? 어떻게 전해야 아빠가 충격을 덜 받을까? 고민하는 동안 아빠가 먼저 이야기를 꺼냈다.

"어? 말도 안 하고 혼자 간 거야? 할아버지 치매 병동으로 옮기셨어."

"알고 있었어?"

"당연하지."

기분이 나빠져서 나도 모르게 전화를 끊어 버렸다. 왜 나만 모르는 거지? 가족에게 일어난 일을 왜 나만 모르고 있냐고. 왜 이 집에서 나만? 배신감에 화가 치밀어 올라 크리스마스의 모든 계획을 포기하고 싶은 마음마저 일었다. 그러나 그냥 갈 수는 없었다. 이대로 간다면 할아버지한테 화풀이하는 것밖에 안 된다.

치매 병동에 가서 면회를 신청하고 휴게실로 들어섰다. 휴게실은 노인들로 붐볐다. 그런데 창가 쪽에 할아버지가 앉아 있었다. 혼자가 아니었다. 어떤 할머니의 머리에 꽃핀을 꽂아주고 있었다. 할아버지의 얼굴이 무척 행복해 보였다. 그건 할아버지의 어깨에 붙은 흰 머리카락을 떼어내 주고 있는 할머니도 마찬가지였다. 연애 초기 단계랄까? 둘은 그냥 바라만 보고 있어도 좋은 사이 같았다.

나는 말없이 돌아섰다. 차마 아는 척을 할 수 없었다. 할아버지에게 주어진 이 순간의 행복을 깨기 싫었다. 다음에 다시 와야겠다. 정식으로 다시.

군부대를 나와 돌아오는 고속버스 안에서 엄마는 내내 울었다. 오빠가 영창에 가 있어 면회도 못 하고 발걸음을 되돌렸기 때문이다. 영창에 갇혀 있는 모습을 보이고 싶지 않다는 게 면회 거절 사유였다. 예정대로라면 오빠는 크리스마스 이전에 병장 만기로 제대해야 한다. 하지만 오빠의 제대는 연말로 미루어졌다.

오빠가 영창에 간 사유는 음주 소란 때문이라고 나오는 길에 오빠의 동기가 전해 주었다. 음주 소란은 대체로 사흘 영창인데 오빠가 너무 억울하다고 상관에게 대들다가 찍혀서 보름으로 늘어났다고 한다. 음주 소란의 사유는 여자친구가 고무신을 거꾸로 신었기 때문이라고. 곰도 구르는 재주가 있다더니 대체 여자친구는 언제 사귀었을까?

오빠, 아무리 속상해도 좀 참지 그랬어. 가만있었으면 제대라도 제때 했지.

"엄마, 그럼 오빠 크리스마스 때 못 나와?"

"보름 연기됐다잖아! 연말에 제대한다잖아!"

엄마는 나한테 화풀이하듯 소리 지른 뒤 다시 섧게 울었다. 억울해서 나도 눈물이 나왔다. 할아버지는 치매, 아빠는 야간 근무, 언니는 핀란드 여행, 오빠는 영창. 다들 너무해. 그럼 나더러 어쩌란 말이야. 크리스마스는 어쩌라고. 무슨 가족들이 이렇게 하나같이 일생에 도움이 안 돼?

너무 속상한 나머지 감정이 북받쳐서 계속 울었다. 어우, 내가 왜 하필 이렇게 귀찮은 계획을 세워 가지고 이 고생이람. 운전사 아저씨를 비롯해서 버스 안 승객들의 따가운 시선이 계속 날아왔지만 나는 아랑곳하지 않고 울었다.

내가 너무 서럽게 울자 엄마가 울음을 그치고는 의심스러운 눈초리로 물었다.

"경아, 우리 지금 같은 이유로 우는 거 맞지?"

나는 대답 대신 엄마에게 물었다.

"엄마, 크리스마스에 미용실 열어?"

"열어야지."

"몇 시까지 해?"

"저녁 늦게까지. 왜?"

으아앙. 내 울음소리가 다시 커졌다.

*

D-day 25일 전

방과 후, 교육복지실로 달려가 상담샘에게 다짜고짜 물었다.

"가족들이 전부 떨어져 있는데 크리스마스 파티에 초대하려면 어떻게 해야 하죠?"

"우선 초대장을 만들어서 보내 봐. 그리고 기다리는 거야."

"간단하네요."

"경아, 인생은 생각보다 복잡하지 않단다. 사람들이 괜히 복잡하게 생각해서 일이 더 힘들어지는 거야."

순간 미나가 교육복지실 문을 열고 들어왔다. 이제 반따가 된 미나는 방과 후에 꾸준히 교육복지실을 드나들고 있었다. 미나에게는 또다시 새로운 소문이 돌고 있었다.

① 미나가 상담샘의 말이라면 자다가도 벌떡 일어나 듣는다.

② 수학샘이 전근을 간 이유는 미나에게 성희롱 발언을 했기 때문이다. 발언 내용은 '너 참 섹시하다. 귀걸이 사줄까?'였다.

③ 공주클럽을 해체하고 나서 새로운 클럽을 결성했다. 클럽 이름은 '스터디 클럽'인데 가입 희망자는 아직 한 명도 없다.

나는 ①번 소문으로 인해 생긴 설명하기 힘든 질투심을 억누르며 자리에서 일어섰다. 상담샘이 내 등에 대고 소리쳤다.

"경아! 지금 AS 기간이라 공짜로 상담해 주는 거다. 졸업하면 네가 밥 사야 해. 호호호."

상담샘을 돌아보며 긍정의 미소로 답하는 순간, 나도 모르게 시선이 미나의 귀에 가서 꽂혔다. 귀걸이는 보이지 않았다.

집에 오자마자 초대장을 썼다.

막내가 우리 가족을 크리스마스 파티에 초대합니다.

때 : 12월 25일 저녁 6시
곳 : 우리 집
메뉴 : 당일 공개

(추신) 1. 단 한 사람도 빠지지 말 것!
　　　 2. 약속시간 엄수(토 달기 없기).
　　　 3. 중간에 가기 없음(양다리 걸치기 없기).

아빠가 작년에 내걸었던 조건을 추신에 똑같이 내세웠다. 생각
해 보니 괜찮은 거 같아서.

*

D-day 20일 전

　먼저 거리상 가장 멀리 있는 언니에게 초대장을 띄웠다. 즉 초대장을 사진으로 찍어 카톡으로 전송했다. 오빠에게는 군부대로 초대장을 보내면서 상관 앞으로 편지를 따로 부쳤다.

　지난번 언니가 말했던 '거짓말로는 상처를 입지 않는다'는 프랑스 속담이 떠올라 거짓말로 편지를 쓸까도 생각했지만 포기했다. 내게는 나만의 방식이란 게 있으니까. 개그라는.

우리 오빠 크리스마스에 하루만 외박 부탁드려요.

안 그럼 평생 미워할 꼰~대.

　결과는 하늘에 맡기기로 했다. 물론 개그만 한 건 아니고 여기에 진심이란 양념을 곁들였다. 사실 요즘 사력을 다해 소스를 개발하고 있는 중이라 그리 어렵지는 않았다. 뿔뿔이 흩어져 있는 가족을 크리스마스에 모으려는 그간의 내 눈물겨운 노력에 대해 상관에게 강하게 어필했다고 감히 자부한다.

할아버지에게는 치매 병동으로 직접 찾아가 초대장을 드렸다. 물론 할아버지는 나를 못 알아보셨다. 나를 보자마자 이렇게 말씀하셨으니까.

"며늘아, 왜 이렇게 젊어졌냐? 요즘 연애하는구나?"

엄마, 맹세코 난 할아버지한테는 엄마의 사생활에 대해 한마디도 안 했어. 그냥 넘겨짚으시는 거야.

나는 할아버지가 기억을 회복하는 데 조금이라도 도움이 될까 해서 미리 준비해간 《소녀경》을 내밀었다.

"이 책 기억나세요? 성인용 의학서."

순간 기억이 돌아왔나 싶을 정도로 할아버지의 표정이 밝아졌다. 그것은 나의 착각이었다. 뒤를 돌아보니 전에 할아버지가 머리에 꽃핀을 꽂아 주었던 할머니가 서 있었다. 할아버지는 화색이 돌아 꽃핀 할머니에게 다가갔다. 두 팔을 벌리고서 말이다.

나는 간호사에게 크리스마스에 할아버지의 외출을 허락해 달라는 서류를 제출하고 병원을 나서야 했다. 이 느낌 뭐지? 왠지 올 때마다 할머니에게 밀려나는 이 서운한 느낌은?

밤늦게 아빠가 일하는 편의점을 찾아가 초대장을 내밀었다. 아빠는 초대장을 받아 들며 물었다.

"뭐야?"

"크리스마스에 별다른 약속 없으면 집에 오든가."

아빠는 그 즉시 내가 보는 자리에서 초대장을 열어 보았다. 어우, 짜증 나. 사람 무안하게 만드는 재주는 여전하네.

아빠는 눈물을 글썽이더니 금세 볼 위로 떨어뜨렸다. 아빠, 전직 영화감독 맞아? 전직 배우 아냐? 저렇게 폭풍 감동할 줄 몰랐는데. 평생 자식에게 카드 한 장 안 받아 본 사람처럼. 나, 어린이집이랑 초딩 시절에도 어버이날마다 꼬박꼬박 카드 만들어서 줬잖아! 기억 안 나? 그때 많이 받아 보셨을 텐데? 물론 선생님들이 시켜서 만든 거긴 하지만.

아빠는 그때처럼 울었다. 마지막으로 준비한 영화가 엎어진 날, 술을 먹고 들어와서 펑펑 운 그날처럼. 자기 때문에 투자가 안 된다고, 유명 배우가 잡혀도 감독이 유명하지 않기 때문에 투자자들이 발을 뺀다고, 벽에 머리를 쾅쾅 박아 가며 자신의 무능을 탓했다.

어우, 답답해. 이십오 년 전 아빠가 감독 데뷔할 때 유명했던 배우를 캐스팅하니까 당연히 투자자가 발을 빼지. 그때 배우가 지금도 인기 있는 줄 아나 봐? 십 년이면 강산이 얼마나 변하는지 알아? 4대강도 변했잖아. 못 먹는 라떼로. 주변에 아빠한테 바른말 해 주는 사람이 그렇게도 없어? 왜 아무도 아빠한테 솔직한 말을 안 해 주는 거야?

그냥 나가기도, 계속 서 있기도 어색한 어정쩡한 상황에서 손님이 들어왔다. 아빠가 서둘러 눈물을 닦으며 "어서 오세요"라고 말했다. 다음 장면은 기다렸다는 듯 자연스러운 나의 퇴장.

　마지막으로 엄마의 커트클럽을 향해 달려갔다. 그러고는 출입구 밑으로 초대장을 밀어 넣었다.

　가족 모두에게 초대장을 보내자 비로소 큰 임무를 완수했다는 생각에 다리에서 힘이 쫙 풀렸다. 반면 기운도 났다. 밤하늘의 무수한 별들이 날 응원하고 있어서 그랬는지도 모르지만 내겐 별 하나의 조명만으로도 충분했다.

　만일 아빠가 초대장을 전달하는 내 모습을 영화에 담았다면 몽타주로 처리했을 거란 생각이 들었다. 그리고 몽타주 장면이 끝나는 장소로 내가 엄마의 커트클럽을 택한 것에 대해 찬성할 거라 확신한다. 내가 아는 아빠는 중요한 사람을 나중에 등장시킨다. 뭐 하러 이런 생각까지 하냐고? 전직 영화감독의 딸이니까. 생각하는 데 돈이 드는 건 아니니까.

　"그럼 올해도 네 생일을 함께 못 보내는 거야?"

　며칠 전 내가 혜지와 수진이에게 크리스마스 계획을 털어놓았을 때 혜지는 아쉬워했다.

　"밴드 공연이나 뮤지컬 공연은 어때? 우리가 찬조 출연 할게."

　수진이는 새로운 아이디어를 내놓았다. 수진이는 치아 교정기를 뺀 이후 수지랑 비슷해져서 찬조 출연을 한다면 무대가 빛날 거라는 계산이 섰다.

"와, 그거 좋겠다. 악기 다룰 줄 알아?"

내가 묻자 수진이는 고개를 저었다.

"노래 잘해?"

이번엔 혜지가 묻자 수진이는 다시 고개를 저었다. 결국 둘은 하는 수 없이 내 계획에 박수를 쳐 주었음을 이 자리에서 밝혀 둔다.

D-day 크리스마스

크리스마스 계획을 세운 뒤 한 달이 어떻게 흘렀는지 모르겠다. 드디어 D-day가 돌아왔다. 내 생일, 그러니까 크리스마스가.

아침 일찍 핸드폰에서 울리는 카톡 신호음에 잠에서 깼다. 평소 같았으면 자느라 듣지도 못했겠지만 때가 때이니만큼 벌떡 일어났다. 확인해 보니 언니였다. 내가 보낸 카톡 초대장에 대해 답장을 보낸 거였다.

> 경아, 초대장 잘 받았어. 결론부터 말하자면 못 갈 거 같아.
> 이번 크리스마스엔 산타마을에 머물 예정이거든.
> 산타 할아버지도 만나고 오로라도 구경하고.
> 작년 크리스마스에 내가 한 말 기억나니?
> 올해는 다른 나라에서 다른 나라 사람들과 다른 나라 말로
> 크리스마스를 보내겠다고. 그 약속을 지키려 해.
> 그럼 안녕, 크리스마스 잘 보내.

P.S. 아니, 근데 식사 초대라니, 그동안 도대체 무슨 일이 있었던 거야? 메뉴가 뭔데? 나한테만 살짝 알려 줘.

별로 놀랍지도 않았다. 이게 언니니까. 언니는 늘 이런 식이니까. 단문의 답장을 보냈다.

메뉴를 알려 줄 순 없어. 참석자에게만 공개할 거야. 크리스마스 잘 보내고.

언니의 불참 통보에 눈물이 날 것 같았지만 이불을 박차고 나왔다. 그러고는 장을 볼 목록을 정리하고 최종적으로 확인한 후 장바구니를 챙겼다. 한 사람만 와도 진행할 예정이었다. 약속은 약속이니까.

엄마는 아침 일찍 출근해야 한다며 커트클럽으로 갔다. 내게는 끝내 초대장을 받았다는 내색은 하지 않았다. 나 역시 초대장을 받았냐는 질문을 하지 못했다. 쑥스러워서.

마트에 가서 그동안 모아 둔 용돈으로 혼자 장을 봤다. 아빠가 학교로 찾아온 날, 엄마 몰래 쥐여 준 용돈을 한 푼도 쓰지 않고 갖고 있었다. 장을 봐 가지고 돌아올 땐 너무 무거워서 양어깨가 빠질 뻔했다.

식탁에 모든 재료를 펼쳐 놓고서 온종일 다듬고 썰고 소스를 만들었다. 중간에 손가락을 베어 밴드를 찾아 붙이느라 애를 먹었다. 그 쉬운 오이를 썰다가 말이다. 모든 재료를 다 다듬고서야 겨우 한숨을 돌릴 수 있었는데 배에서 꼬르륵 소리가 났다. 시계를 보니 어느새 다섯 시였다. 생각해 보니 점심도 굶었잖아! 벌써 시간이 이렇게 됐다니 믿을 수 없어.

이제 한 시간 후면 약속 시간이다. 서둘러 식탁 위에 식탁보를 펴는 순간 픽! 불이 나갔다. 눈앞이 캄캄해졌다. 말 그대로 정전이었다. 아악, 말도 안 돼! 어떻게 이런 일이. 발을 동동 굴렀다. 아래층에서 전기를 하도 많이 써서 우리 집까지 과부하가 걸린 건가? 갑자기 엄마가 바빠서 몇 개월째 은행에 전기세를 못 내러 가고 있단 말을 했던 기억이 났다. 한전에서 전기를 끊은 게 틀림없어. 그동안 자동이체도 신청 안 하고 뭐 한 거야. 후회가 밀려왔다. 엄마가 나더러 은행 가서 좀 내고 오라 했었는데 왜 그 말을 흘려들었을까.

저절로 두 손을 모으고 눈을 감았다. 그리고 간절히 기도했다. 하느님, 제발 불이 들어오게 해 주세요! 진심으로 부탁합니다. 제발요, 다른 건 바라지도 않아요.

기도를 마치고 전등을 바라보았다. 불은 들어오지 않았다. 하느님은 아무래도 청개구리라는 애초의 성격을 바꿀 마음이 없는 것 같았다.

서둘러 손전등을 찾았다. 가족들이 오기 전에 초를 사다 놔야 한다. 패딩을 걸쳐 입고 나가려는 순간 딩동, 하고 벨 소리가 들렸다.

현관으로 가서 문을 열었다. 할아버지가 서 계셨다.

"아악!"

할아버지의 비명 소리였다. 내 비명이 아니라.

할아버지의 비명 소리가 아파트 복도로 울려 퍼지면서 동시에 바지가 서서히 젖어 들었다. 내 바지가 아니라. 몹시도 당황스러 웠지만 할아버지가 그 자리에서 쓰러지지 않은 것만으로도 감사 해야 한다. 내가 한 손으로 문을 여느라 다른 한 손으로는 손전등을 들었는데 하필 내 턱을 비추고 있었다는 말을 굳이 덧붙이고 싶지는 않다.

얼른 할아버지를 안으로 모신 다음 욕실로 안내해 드렸다. 서둘러 장롱에서 아빠의 여벌 옷을 찾아 욕실 안으로 넣어 드렸다. 할아버지를 놔두고 초를 사러 갈 수가 없어 할아버지가 욕실에서 나올 때까지 기다렸다. 잠시 후 할아버지가 옷을 갈아입고 말끔해진 표정으로 나왔다.

"아빠랑 오시는 거 아니었어요? 아빠더러 할아버지를 모시고 와 달라고 부탁했는데."

"뭘 모시고 와? 내가 우리 집도 못 찾을까 봐?"

"할아버지, 저 누군지 아세요?"

할아버지는 나를 쳐다보며 한심한 듯 혀를 쯧 하고 찼다.

"집이 왜 이리 컴컴하나?"

화제를 돌리는 걸 보니 내가 누군지 모르는 게 분명해. 하지만 지금 더 걱정스러운 건 정전이었다.

"난 제대로 할 줄 아는 게 없어요. 모든 일을 망쳐요. 지금껏 살면서 결심한 일을 제대로 해낸 적이 없다고요. 흑…."

눈물이 툭 터졌다.

"엄마는 아침 일찍 출근했는데 초대장 받았다는 내색을 안 해요. 아빠는 야간 근무래요. 언니는 핀란드에 있고, 오빠는 군대에서 사고 쳐서 영창 갔어요. 오늘 아무도 안 올 거예요. 할아버지, 우리 둘이서 다 먹어야 해요. 이 많은 걸 이 컴컴한 데서 다. 이제 더 어두워질 거라고요."

나는 엉엉 소리 내어 울기 시작했다. 창피했지만 멈출 수도 없었다. 어차피 치매라 까먹으실 거야.

"반드시 오늘이어야 했어요. 오늘 다 모여야 했다고요."

할아버지는 턱을 쓰다듬으며 이해한다는 표정으로 고개를 끄덕였다. 그리고 내 등을 토닥이기 시작했다.

"가족은 원수다. 원수는 외나무다리에서 만나게 돼 있어. 걱정 마라. 오늘 전부 다 올 거니까."

나는 피식 웃음이 나왔지만 나를 바라보는 할아버지의 표정은 어두워졌다. 어두컴컴한 실내 분위기와 흡사했다.

"윤아, 너 언제 이렇게 쪼그라들었냐? 이제 너도 나이 먹나 보다."

"어우, 할아버지! 저, 경이에요."

순간 핸드폰이 울렸다. 핸드폰 너머로 숨넘어갈 지경의 다급한 목소리가 들려왔다. 아빠였다.

"경아, 할아버지가 병원에서 방금 사라지셨대. 할아버지 모시러 갔더니 간병인 아주머니가 그러는 거야. 화장실 간 사이에 사라지셨다고. 그게 말이 되니? 지금 파출소에 실종신고 하러 갈 거니까 제시간에 못 간다. 먼저들 먹어."

"아빠!"

"왜?"

"할아버지 오셨는데?"

"뭐? 진작 말해 줬어야지!"

"아빠가 말할 틈을 안 줬잖아!"

"알았어. 아빠가 갈 때까지 꼼짝 마시라 그래. 알았지? 아니, 잘 감시하고 있어."

나는 전화를 끊으며 투덜거렸다. 감시는. 여기가 무슨 감옥이야?

아빠가 일방적으로 전화를 끊는 바람에 미처 초를 사 오라는 말을 하지 못했다. 다시 전화하려는데 딩동, 벨이 울렸다. 현관을 여니 오빠가 서 있었다. 오빠가 눈을 털며 들어섰다. 너무 반가워서 가슴이 뛰었다.

"어? 눈 와?"

"반가운 게 나야? 눈이야?"

오빠가 장난스럽게 물었다.

"당연히 눈이지. 오빠도 조금 반갑긴 하네."

"하하하, 넌 창밖도 안 보냐?"

사실 하루 종일 정신없이 음식 준비하느라 창밖을 볼 새도 없었다. 점심밥까지 잊은 마당인데. 오빠가 할아버지를 발견하자 다가가 껴안으며 호들갑스럽게 인사했다. 할아버지는 군인이면 군인답게 인사하라며 오빠를 혼냈다. 오빠가 군대식으로 다시 인사하겠다고 하자 할아버지는 엎드려 절은 받지 않겠다며 단호히 거절했다. 오빠는 곰이 맞긴 맞나 보다. 할아버지의 자존심을 눈치 못 채는 걸 보니.

"오빠, 그런데 어떻게 나온 거야?"

"탈영했지. 〈쇼생크 탈출〉처럼. 마침 부대에 아무도 없어서 쉬웠어. 그 시간에 전부 아이돌 위문 공연 보러 갔거든."

"숟가락으로 땅을 팠다고? 이젠 영창이 아니라 감옥에 가겠네?"

"인마, 그건 〈광복절 특사〉고."

누가 전직 영화감독 아들 아니래? 인정.

"그럼 크리스마스 특사?"

내 질문에 오빠가 고개를 끄덕였다.

"크리스마스 휴가지. 네가 상관한테 평생 미워할 꼰대라고 했다며. 상관이 꼰대는 되기 싫다더라. 한창 자라나는 청소년한테 평생 미움받는 꼰대. 하하하하."

"나도 학교에서 쉬는 시간마다 샤프로 내 책상 판 적 있는데. 일 년 내내 파내면 졸업할 무렵엔 책상을 뚫을 수 있지 않을까 하는 희망을 품고 말이야."

"하하하, 장하다. 누가 내 동생 아니랄까 봐."

오빠의 과장된 웃음소리가 실연의 아픔을 잊기 위한 몸부림 같아서 내 마음도 아팠다. 하지만 직접 물어볼 수는 없었다. 오빠가 더 아플 테니까.

할아버지는 오빠와 내가 황당한 대화를 이어가는 동안 소파에 앉아 벽을 보고 계셨다. 그 편이 차라리 마음 편해 보였다.

"윤이는?"

"언니는 못 와. 핀란드에 있거든. 산타마을에서 크리스마스를 보낼 거래. 산타할아버지도 만날 거래."

"우와, 아직도 산타를 믿는다니 낭만적이다."

"오빠, 나가서 초 좀 사다 줘. 할아버지 혼자 두고 나갈 수가 없어."

오빠가 알았다며 초를 사러 나갔다. 잠시 후 다시 딩동 소리가 들렸다. 문을 여니 아빠였다.

"집이 왜 이리 캄캄하냐?"

"정전이야. 전기세가 밀렸는데 한전에서 전기를 끊었나 봐. 하필 오늘…. 오빠가 초 사러 갔으니까 조금만 기다려."

아빠는 의심스러운 표정을 짓고는 거실로 가더니 스위치를 올렸다. 실내가 환해졌다. 얼떨떨했다. 이건 무슨 상황이람? 내 기도가 거실에만 먹힌 건가?

아빠가 주방으로 돌아와 전구를 살폈다.

"정전이 아니라 주방 등이 나간 거네. 전구가 오래돼서 퓨즈가 나갔어. 나가서 얼른 사 오마."

아빠가 전구를 사러 나간 뒤 또다시 딩동, 소리가 들렸다. 오빠일 거다. 오늘 간만에 우리 집 벨에서 불난다. 그런데 문 앞에 서 있는 건 뜻밖에도 언니였다. 믿기지 않아서 잠시 아무 말도 못 하고 멍하니 서 있었다.

"뭐 해? 가방 안 받아 줄 거야?"

"어, 어떻게 된 거야?"

"내 동생이 난생처음 가족 파티에 초대하겠다는데 낯선 나라에서 크리스마스를 보내야 할 이유를 모르겠더라고."

그제야 언니의 여행 가방을 받아 들었다. 거의 거지꼴에 가까운 행색이었지만 언니가 이렇게 예뻐 보인 적은 오늘이 처음이었다. 번역체 소녀의 대사가 이토록 멋지게 들린 적도.

"뭐야, 속았잖아. 카톡은 어디서 보낸 거야?"

"티켓팅 끝내고 시간이 남길래 헬싱키 공항에서 비행기 타기 전에 보냈지."

언니가 아차, 하며 손을 벌렸다.

"내 정신 좀 봐. 택시가 밑에서 기다리고 있는데, 택시비 좀 줄래?"

"뭐? 얼마인데?"

"삼만 원. 약속 시간 늦을까 봐 환전도 못 하고 곧바로 택시 탔거든.”

으으, 아까운 내 용돈. 떼어먹기만 해봐.

아빠가 주방 등을 갈자 집 전체가 환해졌다. 모든 것이 완벽해졌다. 지난번에 아빠가 굳이 엄마 없는 시간을 골라 집에 와서 못을 박아 놓고 간 기억이 났다. 아빠가 집에 있다는 사실이 오늘따라 든든하게 여겨졌다.

“아빠, 온 김에 화장실 세면대도 봐 줘. 물이 잘 안 내려가.”

“알았어. 이따 봐 줄게.”

아빠의 체면을 고려해서 치약 튜브 짜달란 말은 일부러 꺼내지 않았다. 아니면 엄마의 체면인가?

내가 세팅을 해 놓은 테이블 자리에 가족들이 차례대로 앉았다. 그런데 아직 한 자리가 빈 채였다. 엄마 자리였다. 엄마는 왜 아직 안 오는 걸까? 손님이 많나? 작년 크리스마스엔 미용실을 열지도 않았으면서. 냄비의 물은 아까부터 끓고 있는데 말이야. 초조해지기 시작했다. 초조해 보이긴 아빠도 마찬가지였다.

할아버지가 헛기침을 하고는 테이블 위에 놓인 빈 접시를 보며 쯧, 혀를 찼다.

“원래 지각생이 학교에서 제일 가까운 곳에 산다더라.”

언니가 명쾌하게 말했다.

“엄마한테 전화해 봐.”

오빠가 말했다.

"아까 통화했는데?"

나와 아빠가 동시에 물었다.

"뭐라 그랬는데?"

순간 엄마가 들어왔다. 오랜만에 화장을 하고 드라이로 머리를 말고 스카프로 한껏 멋을 낸 엄마는… 한마디로 예뻤다. 혹시 진상 아저씨랑 데이트하고 오느라 늦은 건 아니겠지? 의심의 눈길로 노려볼 새도 없이 바로 면을 삶아야 했다. 엄마가 자리에 앉았다. 그제야 오빠가 대답했다.

"좀 늦는다고."

엄마 아빠를 바라보며 마음속으로 기도를 했다. 사이좋은 건 바라지도 않아. 오늘은 싸우지만 마.

여덟 시가 돼서야 식사가 시작되었다. 작년에 이어 온 가족이 모인 크리스마스였다. 크리스마스에 가족과 식사를 같이 한다는 건 여전히 구린 일이다. 이 년 연속 구린 크리스마스를 맞았다.

오늘 저녁 메뉴를 공개하면 내 말이 이해가 갈 거다. 내가 마지막 순간까지 쉬쉬하며 비밀에 부쳤던 메뉴는 바로… 청국장 스파게티다. 다들 좋아할 줄 알았는데 너무나 조용하다. 누구도 요리에 대한 평가를 하지 않고 있다. 특히 엄마 아빠의 침묵엔 불안함과 동시에 약간의 가증스러움마저 느껴졌다. 동서양 요리의 만남으로 인해 문화 충격을 받은 건가? 아니면 나, 요리 젬병인가 봐….

언니가 가장 먼저 침묵을 깼다.

"이제야 배가 차네. 어떻게 청국장 스파게티를 만들 생각을 했어?"

"그야 뭐, 작년에 이것 때문에 문제가 있었으니까."

이어서 오빠가 꺽 트림까지 해 가며 물었다.

"이거 어떻게 만들었냐? 죽인다."

언니의 질문.

"레시피를 묻는 거야?"

오빠가 고개 끄덕.

"응."

슬슬 반응들이 나오고 있다. 긴장된다. 긴장하고 있는 속마음과 달리 나는 아무렇지도 않게 말했다.

"별거 없어. 그냥 잘 섞으면 돼. 스파게티랑 청국장 소스랑."

"그러니까 소스를 어떻게 만들었냐고?"

"비밀."

진짜 별거 없는데. 진심에 정성을 더하기만 하면 되거든. 그리고 간절한 마음.

언니가 알겠다는 듯 빙그레 웃었다. 할아버지는 감탄사를 내질렀다.

"캬! 소녀 경 스파게티, 황홀경이구나!"

"와, 멋있어요, 할아버지!"

언니가 엄지 척을 하며 할아버지에게 가서 하이파이브를 했다. 아빠는 리필을 요청했고, 오빠는 꺽꺽거리며 세 그릇이나 먹어 치웠다. 엄마는 설거지를 안 해도 될 정도로 접시를 깨끗이 비웠다.

스파게티의 마지막 한 가닥을 입안으로 후루룩 삼키는 아빠에게 언니가 물었다.

"아빠, 이제 영화는 포기한 거야?"

"영화는 관둘 거다. 아니, 이십오 년 전에 이미 그만둔 거나 다름없지."

나는 안타까운 표정으로 말했다.

"아빠 꿈이잖아. 포기하면 어떡해…."

유니폼이 잘 어울리긴 하지만.

"내 꿈을 포기한 게 아니야. 영화가 내 꿈이 아니었다는 걸 늦게나마 깨달은 거지."

배신감이 몰려왔다. 한숨도 절로 나왔다. 저렇게 미련할 수가. 그럼 이십오 년 동안 자기 꿈이 뭔지도 모르고 살아왔단 말이야?

"영화가 아니면 아빠 꿈이 뭔데?"

아빠가 두 팔을 벌려 우리를 가리켰다.

"여기 이렇게 다 모여 있잖아. 안 그래, 여보?"

엄마에게 동의를 구하며 아빠가 씨익 웃었다. 엄마가 입술을 삐죽였다.

"그걸 이제 알았어? 누굴 꼬시려고 머리를 그렇게 길게 묶고 다녀?"

"누구 좀 꼬시려고."

아빠, 지금이 기회야. 이번에는 놓치지 말고 꼭 잡아. 손을 잡든 무릎을 꿇든 이 기회를 어떻게든 한번 이용해 보란 말이야. 이번이 진짜 마지막 기회일지도 모른다고.

아빠가 자리에서 일어서서 엄마에게 다가갔다. 그리고 무릎을 꿇으며 엄마에게 손을 내밀었다.

"세뇨라, 밤도 깊었는데 한 곡 추실까요?"

어디서 들어 본 적이 있는 멋진 대사였다. 오랜만에 아빠랑 텔레파시가 통한 것 같아 뿌듯했다. 엄마가 아빠의 손을 한 번 째려보고 나더니 그 손을 잡고 일어섰다. 언니가 잽싸게 일어나 CD를 고르더니 탱고를 배경음악으로 깔아 주었다. 엄마 아빠는 거실로 자리를 옮겨 블루스를 추기 시작했다. 오빠는 거실 등을 끄고 좀 전에 사 온 초로 거실을 밝혔다. 그리고 핸드폰을 들고는 둘의 블루스를 동영상으로 촬영하기 시작했다.

때마침 거실 벽에 걸린 산수화의 매력이 진가를 발휘하는 순간이었다. 산수화를 배경으로 촛불을 조명 삼아 블루스를 추는 엄마 아빠는 아주 근사해 보였다. 정말이지 촛불은 광장에서나 밀실에서나 참으로 많은 일을 하는 것 같다. 평범한 사람들을 특별한 존재로 바꿔 놓으니 말이다.

갑자기 번쩍하고 좋은 아이디어가 떠올랐다. 나는 핸드폰으로 엄마 아빠의 블루스 장면을 사진으로 찍었다. 그리고 마음속으로 빌었다.

엄마! 엄마랑 진상 아저씨는 인연이 아니야. 만일 조금이라도 미련이 남았다면 지금 당장 가위로 잘라 버려. 엄마, 가위로 자르는 거 전문이잖아?

나는 조용히 둘의 블루스 사진을 진상 아저씨 핸드폰으로 전송했다. 전송 버튼을 누르는 순간 내 손가락이 양심상 조금 떨리긴 했지만 게임 오버였다. 이렇게 해서 경기는 3라운드 모두 나의 승리로 끝이 났다. 총각인지 홀아비인지 아직도 밝혀지지 않은 진상 아저씨, 여기서 안녕. 어디로든 안녕히 가세요.

이런 날이 올 줄 안 것처럼 진상 아저씨 전화번호를 알아 놓은 건 아무리 생각해도 정말 잘한 짓 같다.

"언니, 근데 이거 탱고 음악 아냐?"

"맞아. 탱고 추라고 틀었는데, 왜 블루스를 추고 난리라니…."

어쩐지 아까 할아버지가 눈을 감고 다시 벽으로 돌아앉았을 때 눈치챘어야 했는데.

블루스 도중 엿들은 엄마 아빠의 대화.

"그럼 일 년 동안 한 번도 미용실을 안 간 거야?"

"당신이 평생 내 머리 잘라 주기로 했잖아. 다른 델 갈 수가 있어야지."

"으이구, 내 팔자야. 돈 아까워 안 간 게 아니고?"

"왜 이래. 나 이 머리 풀면 테리우스 느낌 난다고."

"아이고, 캔디가 찾아와서 울고 가겠네!"

*

D-day 내 생일

혜지와 수진이가 이태원에서 나란히 피어싱을 하고 인증샷을 보내왔다. 지난주 같이 갔던 찜질방에서 자연스레 배꼽 피어싱을 들키고 말았는데 둘은 아주 펄펄 뛰었다. 혜지와 수진이는 나와 삼총사가 되기 위한 운명적인 날이라며 오늘 자신들도 피어싱을 하겠다고 떼를 썼다. 이 애들과 같아지기 위해 내 배꼽에 난 구멍을 일부러 메울 수는 없지 않은가. 둘이서 배꼽을 뚫는 수밖에. 그래서 D-day로 내 생일을 잡아 둘이 피어싱을 한 것이다. 둘은 내가 소개한 대로 이태원의 순이 언니를 찾아갔다고 한다.

둘은 계속해서 레스토랑과 구제 옷매장과 아이스크림 가게에서 현장 사진을 찍어 카톡으로 전송했다. 오늘 함께 생일을 보내지 못하는 것에 대한 일종의 보복행위라고나 할까. 나쁜 X들, 배신녀들, 나 빼고 잘 먹고 잘 살아라.

혜지는 약속대로 작년 내 생일 선물을 끝내 밝히지 않았다. 대신 올해 생일 선물을 기대하라 했는데, 혜지야! 너 혹시 작년 선물 그대로 갖고 있다가 새로 산 척하고 주려는 거 아니야? 우리 상도덕에 어긋나는 일은 하지 말자, 인간적으로. 응?

언니가 와인을 홀짝이며—항상 앞서간다니까!—창가에 서 있었다. 빈 와인 잔을 들고 언니에게 다가갔다. 빈 잔으로라도 건배해 주어야지, 뭐.

"언니, 학교 그만둔 거 후회 안 해?"

"안 해. 학교 관두고 나서 한 번도 후회란 단어 떠올린 적 없어. 그 단어 떠올리면 진짜로 후회하게 될까 봐."

에헤, 강한 부정은 긍정이란 말도 있는데. 진짜로 후회하는 거 아냐?

"그땐 솔직히 갑자기 밀어닥친 자유랄까, 불어난 시간들이 감당 안 되더라. 어떻게 써야 할지."

천재 소녀한테 이런 면도 있었구나.

"지금 한 말 비밀이다? 너한테만 말하는 거야."

언니가 내게 눈썹을 찡긋하며 윙크했다. 걱정 마, 내가 비밀 하나는 잘 지켜. 솔직히 이 집에서 나만 알고 있는 게 많거든. 할아버지의 성인용 의학서도, 엄마의 연애 사건도.

언니는 창밖에 내리는 눈을 감상하며 독백처럼 내뱉었다.

"여기는 안일까, 밖일까, 혹은 경계일까."

치매에 걸리기 전 할아버지는 말씀하셨다. 사물은 한 면만 보는 것보다 뒤집어 보는 게 중요하다고. 그렇다. 보는 각도에 따라 안은 밖이 될 수 있고, 밖은 안이 될 수 있다. 안과 밖도 경계가 될 수 있고. 언니는 제도권 안에 있다가 학교 밖 아이가 되었다가 지금은 경계에 서 있다. 새해엔 검정고시 학원에 등록하기로 엄마와 약속했기 때문이다. 핀란드 가는 걸 허락하면 검정고시에 합격해서 대입을 치르겠다고 언니가 엄마를 설득했다고 한다.

나 역시 경계에 서 있는 나약하고 위태로운 한 인간에 불과하다. 그러니까 언니랑 나랑 비슷한 처지란 말이지. 앞으로 잘해 보자고.

"언니는 어디서든 잘 해낼 거야. 혼자서 핀란드까지 다녀왔잖아."

"당연하지."

언니가 자신만만한 미소를 지어 보였다. 어우, 짜증 나. 이럴 땐 정말 재수 없다니까.

"넌?"

"나? 뭐!"

"넌 올 한 해 어땠냐고."

나는… 음, 나로 말할 것 같으면 올해 지랄총량의 법칙에 충실했다. 미친 중2보다 실성한 중3이 더 무섭단 말을 온몸으로 증명해 보였다. 성인용 의학서를 탐독하고 피어싱을 하고 잔반을 먹고 복수도 하고 왕따와 문제아 집합소라는 교육복지실을 들락거렸다. 그러나 염증은 나지 않았고 잃은 것은 없다. 그러니까 내가 한 일은, 원래 내 옆에 있었던 것들을 도로 제자리에 갖다 놓은 일? 그런데 전보다 더 소중해진 느낌? 뭐, 그 정도.

대답 대신 짠, 언니와 잔을 부딪쳤다. 갑자기 언니가 눈이 휘둥그레져서 소리쳤다.

"쟤 뭐니? 아까부터 저기 서서 손 흔들고 뭐 하는 거야?"

창밖을 내다보았다. 어떤 남자애가 농구공을 들고 공터에서 서성이고 있었다. 한눈에 봐도 누군지 금방 알 수 있었다. 반장이었다. 나와 눈이 마주치자 반장이 나를 향해 손을 흔들었다. 어쩌면 아까부터 나와 눈을 마주치려고 계속 손을 흔들고 있었는지도 모른다는 생각이 들었다.

"경아, 너한테 그러는 거 같지 않니?"

"나한테 그러는 거 맞아."

"누군데?"

"우리 반 반장."

"왜 온 거야?"

"글쎄, 왜 왔지? 지금 가서 물어볼게."

단숨에 아래층으로 뛰어 내려왔다. 반장이 가지 않고 여전히 서 있었다. 내가 사는 연립주택 공터는 주차장을 겸하고 있어 날마다 주차 전쟁이 일어나는 곳이라 몹시 비좁다. 그런데 잘도 서 있다. 넌 참 뭐든 잘해. 좁은 공간에 서 있는 것도 정말 잘하는구나.

"강지섭! 너 여기서 뭐 해?"

반장 앞으로 다가가 바싹 붙어 섰다. 몇 발짝이라도 떨어져 서 있고 싶었지만 그럴만한 여유 공간이 없었으니까.

"여기 너희 집 맞구나? 휴우, 살았다."

"나 만나러 온 거야?"

"응."

반장은 한 손에는 농구공을, 한 손에는 케이크를 들고 서 있었다.

"자, 선물."

반장이 내게 농구공과 케이크를 한꺼번에 내밀었다. 농구공엔 눈, 코, 입이 그려져 있었다.

"〈캐스트 어웨이〉, 윌슨?"

내가 묻자 반장이 반갑게 고개를 끄덕였다.

"오래전 영화인데 아는구나?"

부전여전이거든. 아빠가 오래전 영화감독이라서.

〈캐스트 어웨이〉란 영화는 무인도에 표류한 주인공이 어느 날 해변으로 떠내려온 공에 눈, 코, 입을 그려 '윌슨'이란 이름을 붙여 주고 친구처럼 대화를 하며 지내는 이야기다. 비록 공이지만 윌슨은 주인공이 외로움을 이겨내는 데 많은 도움이 되어 준다.

"농구부도 그만두고 공부만 했어. 너무 외로워서 이 공에 눈, 코, 입을 그려주고 윌슨이라 불렀지. 특목고에 합격했지만 기쁨을 나눌 친구가 이 녀석뿐이더라고. 그런데 여긴 무인도가 아니잖아."

"그래서?"

"너랑 이 기쁨을 나누고 싶어. 받아 줄래?"

"내 생일인지 어떻게 알았어?"

"어? 너 생일이야? 잘됐다. 이거 크리스마스 케이크인데 생일 케이크로 먹어도 돼."

실망으로 인해 마음이 조금 상했다.

"경아, 실은 너한테 제안하러 왔어."

"무슨 제안?"

"고등학교에 가면 우리 본격적으로 사귀는 거 어떨까? 같이 스터디 카페도 다니고 정보도 교환하고. 경험해 보니까 혼자서만 지내는 것도 안 좋더라고."

크리스마스 케이크나 생일 케이크나 같은 케이크인데 뭘. 방점이 케이크에 찍히면 됐지.

"내 비밀 여친이 돼 줄래? 우리가 사귀는 거 괜히 남에게 알릴 필요 없잖아. 지난번 일은 정식으로 사과할게."

전에는 공개 여친을 하라더니 뭐? 이젠 비밀 여친? 이건 또 무슨 설정인데? 나더러 그물망에서 유령인간으로 변신이라도 하란 거야?

눈 내리는 내 생일, 특목고에 합격한 스마트 왕자가 케이크와 선물을 들고 나를 찾아왔다. 그러나 내겐 그림의 떡에 불과했다. 저 케이크를 먹지 않을 테니까.

나는 미용실 원장의 자식답게 마음속으로 상상의 가위를 집어

들었다. 심장은 몹시 요동쳤지만, 나중에 후회할지 모른다는 생각도 들었지만, 단호하게 고개를 저었다.

"너 내가 창피하니? 내가 너랑 그렇게 수준 차이 나? 정말 끝까지 재수 없다. 아무리 내가 암기 과목의 비중을 높였어도 그중에 너는 없어!"

나는 상상의 가위로 반장과의 인연을 싹둑 잘랐다. 반장과 나를 잇고 있던 가느다란 실이 단번에 끊어져 나갔다.

"그리고 월슨은 농구공이 아니라 배구공이야! 좀 알고 들이대!"

나는 전직 영화감독의 자식답게 정정해 주었다. 그러고는 찬바람을 일으키며 돌아섰다. 그제야 복수의 완결편에 대미를 장식한 기분이 들었다. 화룡점정이랄까.

안으로 들어와 가족들에게 소리를 질렀다.

"오늘 내 생일인데 케이크 사 온 사람 아무도 없어?"

와인에 취해 벌건 얼굴로 아빠가 대답했다.

"난 엄마가 사 올 줄 알았는데? 당신, 안 사 왔어?"

엄마가 대답했다.

"으이구, 딸 생일에 케이크 한 쪼가리도 안 사 들고 오다니…"

언니가 답했다.

"난 오빠만 믿었지. 공항에서 달려오느라 정신이 하나도 없었어. 거기다 유로밖에 없었다고."

오빠가 대들었다.

"네가 달렸냐? 택시가 달렸지. 그리고 군바리가 돈이 어딨다고!"

눈물이 나오려고 했다.

"진짜 아무도 안 사 온 거야? 정말 너무들 해…."

"지금이라도 누가 나가서 사 와!"

엄마가 외쳤지만 다들 딴청만 피우며 아무도 나갈 생각을 안 했다.

오빠가 나를 달랬다.

"경아, 라면 끓여 줄까? 나, 라면 기똥차게 잘 끓여. 내무반에서 배운 건데 라면 봉지에 뜨거운 물 붓고 스프 넣고 삼 분 뒤에 먹으면 진짜 맛있어."

"됐어!"

눈물이 터졌다. 이것이 반장을 그렇게 보내 버린 것에 대한 후회의 눈물은 아니기를.

순간, 식탁에 앉아 졸고 계시던 할아버지가 갑자기 일어서더니 테이블을 쾅 하고 내리쳤다. 모두가 깜짝 놀라 할아버지를 쳐다봤다.

"이제 가훈을 물려줄 때가 온 거 같다."

앙, 위로해 주시는 줄 알았는데 가훈이라니요?

"내 평생 교직에 몸담아 왔지만, 나는 교훈적인 인간이라기보다 가훈적인 인간이다."

할아버지의 표정은 그 어느 때보다 엄숙했다. 때문에 가족들은 취한 채로 할아버지 앞에 동그랗게 모여 앉아야 했다.

"내가 물려줄 가훈은⋯."

할아버지가 에헴, 헛기침을 하며 호흡을 가다듬었다.

"가족은 원수다. 원수를 사랑하라."

＊

날마다 크리스마스

크리스마스가 지나고 일주일 뒤에 할아버지는 돌아가셨다. 할아버지는 아빠에게는 한 푼도 안 남기고 엄마에게 전 재산을 상속해 주었다. 엄마는 할아버지가 자신을 평생 무식한 며느리라고 구박하다가 죽은 뒤에 돈으로 보상하셨다며 꺼이꺼이 울었다. 돌아가시기 전 할아버지가 물려주신 가훈은 그대로 유언이 되었다.

아 참, 그리고 할아버지가 크리스마스 파티에 1등으로 도착해서 내게 해준 말을 이 자리에서 공개하려 한다. 이건 어디까지나 우리만의 비밀이지만. 그 비밀은 다름 아니라 삼 남매 중 나를 가장 사랑한다고 하셨다. 이 비밀은 무덤까지 가져가 달라고 하셨는데 내무덤인지 할아버지 무덤인지 그때 정확히 물어보지 못한 게 후회된다. 만일 내 무덤까지라면 좀 난감하다. 언니랑 오빠를 약 올려주고 싶은데 입이 근질거려 그때까지 버틸 수 있을지 모르겠다. 덧붙여 비밀을 하나 더 말해 주셨는데 엄마 아빠도 할아버지와 같은 생각이라고. 엄마 아빠가 요즘 나만 보면 '우리 딸 경이'라고 부르는 걸 보니 할아버지가 털어놓은 비밀이 거짓말은 아닌 것 같다.

오빠와 언니는 크리스마스 때 뭘 잘못 먹었는지 그날 이후 닭살 돋는 말을 한다. 걸핏하면 나더러 '우리 동생 경이'라고 불러 댄다. 그래서 나는 요즘 가족들에게 '우리들의 소녀, 경'으로 통한다.

중3 겨울방학을 맞아 혜지와의 관계는 뉴페이스 수진이로 인해 새 국면을 맞게 되었다. 그러니까 삼총사 관계는 깨지고 삼각관계로 변하면서 긴장 상태로 접어들었다. 언젠가 혜지가 내게 "넌 너무 나한테 긴장을 안 해"라고 말한 적이 있는데 혜지야, 결국 네 말대로 되니까 좋니?

혜지의 부모님 관계도 새 국면을 맞았는데 별거 끝에 결국 이혼하셨다. 혜지는 요즘 들어 부모님이 자기 문제로 부쩍 연락한다면서 이혼한 것 같지도 않다며 투덜대곤 한다. 자식 핑계로 같이 살 때보다 더 자주 만난다고. 얼마 전 혜지가 일으킨 문제는 잘 알다시피 배꼽 피어싱. 혜지야, 앞으로 문제 좀 더 많이 일으켜라. 혹시 알아? 네 핑계로 재결합하실지?

잘난 척하는 것 같아 쑥스럽지만 혜지도 내게 긴장할 때가 있다. 내가 겨울방학 동안 수포자에서 탈피, 더 이상 이차방정식이나 이차함수 따위 두렵지 않게 되었기 때문이다. 어느새 내 방의 정리정돈도 착착 해 나가기 시작했다. 피타고라스의 정리까지 잘하게 된 마당에 이 정도쯤이야. 이제 수학 없는 나라에서 살고 싶다는 소망은 연기처럼 사라졌다. 나아가 다른 과목 공부도 두려움 없이 적응하는 단계까지 이른 것이다. 그런데 왜 혜지가 나에게 긴장하냐고? 내가 혜지를 상대로 수학을 가르쳐 주게 되었기 때문이다. 내가 자기 속을 어떻게 그렇게 잘 아는지 너무 속속들이 잘 가르친다나?

돌아가시기 전 할아버지는 말씀하셨다. 홀아비 속은 과부가 알아준다고. 내게 직접 한 말은 아니지만 바로 이런 경우에 써먹으라고 하신 말 같다. 장례식을 마치고 할아버지가 돌아가셨다는 소식을 전하기 위해 요양병원의 꽃핀 할머니를 찾아갔었는데, 이 말이 할머니에게 남긴 마지막 말이었다고 한다.

내친김에 나는 혜지에 대한 과거의 공식을 지우고 '우정 회복의 공식'을 새로 세웠다. 공식을 세우는 요령은 뭐 별거 없다. 그냥 진심에 정성을 곁들이면 된다. 그리고 간절한 마음.

X=a(b+c)

(우정 회복의 공식=X, 진심=a, 정성=b, 간절한 마음=c. 진심은 모든 항목에 공통이다.)

내가 수학을 좋아하게 된 건 올봄부터 가을까지 뻔질나게 드나들었던 교육복지실의 상담샘 덕분이다. 그렇다고 상담샘이 내게 수학을 가르쳐 주었느냐 하면 그건 아니다. 그냥 비법을 전수받았다는 표현이 적합하다.

누가 내게 공부 비법을 가르쳐 달라고 묻는다면 별건 없다. 누구나 동시에 여러 과목을 공부할 순 없지 않은가. 공부할 분량이 많다고 미리 짜증 내지 말고 한 문제 풀고 나서 심호흡 한 번. 다음 문제를 풀고 나서 심호흡 한 번. 이렇게 심호흡을 하면서 한 단계씩 천천히 풀어 나가면 된다. 그러면 어느새 문제집 한 권이 끝나 있고 이걸 다른 과목에 적용해서 반복하다 보면 자신도 모르는 새 여러 권의 교과서와 문제집이 전부 끝나 있을 것이다.

믿기지 않는다고? 그냥 실행에 옮겨 보면 아는데.

할아버지가 돌아가신 뒤로도 나는 주기적으로 요양병원에 찾아간다. 할아버지를 더 추억하고 싶은 탓도 있지만 꽃핀 할머니와의 대화도 갈수록 즐거워졌기 때문이다. 할머니들은 모르는 옛이야기가 없다. 민담에서 전설, 생활의 지혜에서 일상적인 수다까지 버릴 이야기가 하나도 없는 것이다.

혜지와 수진이도 나를 따라 요양병원을 방문하기 시작했다. 요양병원 자원봉사가 생활기록부 특기사항에 필요하다고 꼬드겨서 오게 되었는데, 얘네들도 이젠 할머니 이야기를 너무 재밌어한다. 기브 앤드 테이크의 법칙에 입각해서 어깨도 주무르고 안마도 해 드리면서 말이다.

노인들은 치매에 걸려도 통장 비밀번호는 잊지 않는다고 누가 그랬을까. 노인들은 치매에 걸려도 손녀들에게 들려줄 이야기를 잊지 않는다.

* * *

크리스마스에 온 가족이 식탁에 둘러앉아 밥 한 끼를 먹는다고 해서 그간의 갈등이나 문제가 해결되는 건 아니다. 그렇다고 해서 이 일을 우습게 보면 안 된다. 함께 식사를 한다는 건 끊겼던 대화를 이어 가는 일이며 관계를 다시금 맺는 일이다. 성에서 혼자 식사를 하겠다고 고집을 부리던 공주의 시대는 예전에 막을 내렸다. 가족 중 누군가가 힘들어하면 함께 해결책을 찾아 나설 수도 있다. 지난번 크리스마스 때만 해도 그렇다. 오빠는 제대하면 대학을 자퇴하고 전공을 영화로 바꾸고 싶다며 아빠에게 진로에 대한 고민을 털어놓고, 언니는 학교 밖 소녀의 핀란드 여행기를 에세이로 써 보고 싶은데 어떠냐고 물어와 온 가족의 환호를 받았다. 게다가 적어도 한 끼 외식비는 절약할 수 있지 않나?

* * *

당신이 크리스마스에 무엇을 먹든 가장 중요한 건 사랑하는 사람들과 함께하는 것이다. 다음으로 중요한 건 그들과 잘 섞여서 어울리는 것이다. 그다음 당신이 한 달 내내 그리고 일 년 내내 날마다 크리스마스처럼 지낸다면, 당신이 얼마나 행복한 사람인지 내가 굳이 말해 줄 필요는 없을 것이다.

Merry Christmas

Happy Birthday!

작가의 말

　작가의 최신작은 최고작이 되어야 한다고 누가 그랬나?

　작가의 최신작은 최애작이 되어야 한다. 그렇다.《날마다 크리스마스》는 단연코 내가 가장 사랑하는 소설이다.

　한번 떠올려 보라.

　매사에 "짜증 나", "귀찮아"를 입에 달고 사는 소녀가 뿔뿔이 흩어진 가족을 크리스마스에 초대하려고 애쓰는 모습을. 바로 옆에서 툴툴대는 소리가 들리는 것 같지 않은가?

　그럼에도 그 일에 기꺼이 뛰어드는 소녀, 경을 나는 사랑하지 않을 수 없다.

　이 책은 소설이지만 그럼에도 나는 삶이라고 주장하고 싶다.

　우리는 삶 속에서 행복해질 수밖에 없는 존재들이다.

　책이 있는 한. 책이 우리의 삶과 함께하는 한.

이번에도 내가 좋아하는 감사의 말을 빼놓을 수 없지.

폭스코너의 윤혜준 대표님과 구본근 편집장님께 변함없는 감사를 드린다.

내 소설을 응원하고 지지하는, 앞으로도 그래 주길 바라는 가족과 익명의 독자들에게도 변함없는 감사와 사랑을!

2021년 크리스마스를 기다리며

박성경

날마다 크리스마스

ⓒ박성경, 2021

1판 1쇄 발행 2021년 7월 15일

지은이 박성경

펴낸이 윤혜준 | 편집장 구본근 | 디자인 오필민디자인 | 마케팅 권태환

펴낸곳 도서출판 폭스코너 | 출판등록 제2015-000059호(2015년 3월 11일)
주소 서울시 마포구 월드컵북로 400 문화콘텐츠센터 5층 9호(우 03925)
전화 02-3291-3397 | 팩스 02-3291-3338
이메일 foxcorner15@naver.com
페이스북 www.facebook.com/foxcorner15
인스타그램 www.instargram.com/foxcorner15

종이 일문지업(주) | 인쇄·제본 수이북스

ISBN 979-11-87514-70-1 43810